CB045555

Conselho Editorial

Beatriz Olinto (Unicentro)
José Miguel Arias Neto (UEL)
Márcia Motta (UFRJ)
Marie-Hélène Paret Passos (PUC-RS)
Piero Eyben (UnB)
SergioRomanelli (UFSC)

Danielle Cohen-Levinas
partilha da literatura

organização Piero Eyben | Alberto Pucheu

Tradução Fabricia Walace Rodrigues, Gabriela Lafetá Borges, Juliana Cecci Silva, Lucas Sales Lyra, Luísa Freitas, Nivalda Assunção de Araújo e Piero Eyben

Copyright © 2014
Piero Eyben

Editora
Eliane Alves de Oliveira

Diagramação
Goudy Old Stile 11/13,2

Imagem de capa
Gilson Bezerra

Impressão
PSI7, junho de 2014

Papel
Offwhite 80g

Este livro contou com o apoio da CAPES.

Grafia atualizada segundo o Acordo Ortográfico da Língua Portuguesa de 1990, que entrou em vigor no Brasil em 2009.

Dados Internacionais de Catalogação na Publicação (CIP)

Danielle Cohen-Levinas: partilha da literatura/Piero Eyben e Alberto Pucheu, organizadores. – Vinhedo, Editora Horizonte, 2014.

ISBN 978-85-99279-59-5

1. Teoria literária 2. Filosofia 3. Ética 4. Pensamento contemporâneo francês I. Piero Eyben II. Alberto Pucheu

CDD 800.100

Editora Horizonte
Rua Geraldo Pinhata, 32 sala 3
13280-000 – Vinhedo – SP
Tel: (19) 3876-5162
contato@editorahorizonte.com.br/www.editorahorizonte.com.br

Sumário

Primeira Parte ...*a filosofia à prova da literatura*
Danielle Cohen-Levinas

9 JOURNAL DO BRASIL – ELOGIO DA LITERATURA

14 A ÉTICA, AINDA UMA VEZ – ELES NOS TERÃO OBRIGADO...

19 UMA INTERRUPÇÃO PENSATIVA – DERRIDA DIANTE DE CELAN

34 O INSTANTE LITERÁRIO E A SIGNIFICAÇÃO CORPORAL DO TEMPO – LEVINAS LEITOR DE PROUST

47 ENTRE ELES – MAURICE BLANCHOT E EMMANUEL LEVINAS... (onde quer que eles estejam, entregar-se ao infinito)

62 A ESCRITURA É UM COMBATE CONTRA OS DEUSES

74 AS LÁGRIMAS DO RIO

Segunda Parte ...*riscos, rastros – outras vozes*
Piero Eyben & Alberto Pucheu

79 RISCO A FRASE, IMPOSSÍVEL PARTILHA

117 KAFKA – A VIBRAÇÃO MAIS QUE HUMANA

Nota preliminar

Esse livro reúne, primeiramente, os resultados da Escola de Altos Estudos "A filosofia sob o risco da literatura", promovida pela Capes, sob organização dos Programas de Pós-graduação em Literatura e Artes, ambos da Universidade de Brasília, e o de Ciência da Literatura, da Universidade Federal do Rio de Janeiro. E, em um plano mais estendido, revela de fato uma *partilha*, um endereçamento mútuo, um encontro, que se faz sempre desde que haja mais de um, a cada vez mais de um. Nesse sentido, o livro sintetiza o encontro do pensamento de Danielle Cohen-Levinas com a literatura e com os pesquisadores envolvidos nessa empreitada que, aqui, dão resposta, leitura e compartilham a amizade. O curso ofertado entre o final de novembro e início de dezembro de 2013 teve como norte as relações entre autores (como Proust, Kafka, Blanchot, Celan) e o pensamento de Emmanuel Levinas e Jacques Derrida.

O que se lerá aqui, então, partido em dois, é a análise da textualidade de Danielle Cohen-Levinas, com textos que fazem coincidir nossos autores, nossas obras, a impossibilidade de toda obra como imanência pura; e os rastros de uma possível resposta, de um diálogo ininterrupto que se inicia aqui para a vinda a mais de um infinito possível, a linguagem do poético.

Agradeçemos, assim, a Capes pelo auxílio financeiro para essa pesquisa e para a elaboração e execução da Escola, começo de tudo; aos jovens pesquisadores que compõem o Grupo de Pesquisa *Escritura: Linguagem e Pensamento*, motivo certo de que possa ainda haver alguma crença no saber e no porvir; ao grupo de tradutores que, em primeiríssimo plano, fez a leitura atenta dos textos e de seus desdobramentos; aos colegas que estiveram conosco durante a Escola de Altos Estudos na UnB, sobretudo, Fabricia Walace Rodrigues e Nivalda Assunção de Araújo; e, aos parceiros da UFRJ, sobretudo, João Camillo Penna, sem os quais seria impossível esse momento de eternidade.

Primeira Parte
...*a filosofia à prova da literatura*

Danielle Cohen-Levinas

Journal do Brasil – elogio da literatura

A Fabricia Walace, cujo sorriso iluminou minha estadia no Brasil

Porque a escritura é uma experiência irredutível, uma voz capaz de divisar consigo como com outras vozes, eu gostaria, antes de qualquer avanço em direção ao assunto que me preocupa, dizer minha gratidão a meus amigos brasileiros, Piero Eyben, Alberto Pucheu, João Camillo Penna e Nivalda Assunção de Araújo. Solicitada por Piero Eyben para ensinar, vim ao Brasil nos meses de novembro-dezembro de 2013. Primeira noite (26 de novembro), primeiro encontro: um presságio é um signo. O aeroporto do Rio de Janeiro me impressionou. Esperava já nesse vai e vem de uma multidão de homens, mulheres e crianças que passavam e repassavam diante de mim, nesses corpos apressados ou atentos à chegada do amigo, o embalo poético da língua portuguesa da qual nada conhecia, mas cuja sonoridade me fala para além do conhecimento efetivo. O corpo textual se constrói desde a língua, melhor dizendo, desde as línguas que não falamos. Nessa noite, no aeroporto do Rio de Janeiro onde eu esperava Piero e sua esposa Fabricia, agucei os ouvidos em direção ao desconhecido de uma língua que operava em mim uma espécie de quiasma. Quem, da filosofia e da literatura, nos colocará em contato com a experiência de uma língua que treme o ritmo do pensamento? Aprendemos com Jacques Derrida que não temos senão uma língua e que ela não é a nossa (Derrida, 1996, p. 15)[1]. Melhor dizer de uma vez que, querer compreender o que da outra língua nos chega, é já escutar *outramente* a relação entre filosofia e literatura. Essa foi toda a aventura que me esperava no Brasil.

O ensino no Rio e depois em Brasília terá marcado para mim um ponto de não retorno. Intitulei meu programa de curso "A filosofia à prova da literatura". Piero Eyben acolheu com uma hospitalidade sem falhas minha proposição. Essa questão, pelo que ela desloca o movimento do pensamento sem nunca a fixar de uma vez por todas em um conceito ou em uma teoria, foi precisamente concebida para atravessar lares de sentido, de narrativas e de ideias que colocam nossas representações em ruína. Nossa aproximação da literatura e da filosofia está contaminada por preconceitos que nós repisamos, sobre o modo blanchotiano do *Ir-e-vir eterno*. Está aí, no escritor, o desejo de se fazer eco da fala do mundo. Está aí, no filósofo, a vontade de torná-lo inteligível e, para além da inteligibilidade, de fazer da linguagem o próprio começo do mundo. Como se entra no desejo do escritor e na vontade do filósofo? Gostaria, de algum modo, escapar da influência de uma e da aporia da outra. E eis que a língua

---

[1] "Sim, eu não tenho senão uma língua, ora essa não é a minha".

portuguesa, da qual não conheço senão a sonoridade, o fraseado, a cantilena contínuá e a entonação quase musical, veio a mim no momento em que eu não esperava nada disso. O que poderia ser mais simples e mais prosaico do que se encontrar em algum lugar em uma cidade que não é a nossa cidade, em um país que não é o nosso país? O Brasil não é um país como os outros. Poderia longamente desenvolver essa assertiva que pode parecer surpreendente. Devo a essa viagem ter compreendido que a inflexão de uma língua não está na expressão perfeita de um isso ou de um aquilo, mas nas propriedades que não se deixam agarrar pela cadeia de significações. Vivi no Brasil uma experiência de migração linguística de que não posso falar senão sob o modo narrativo. Os estudantes a quem eu falei de Celan, Proust, Kafka, Levinas, Blanchot, Derrida, Nancy escutavam a voz desses autores em outra língua, como se o mistério dos textos que eu comentava se revelasse no jogo de diferenças fônicas. Claro, mantinha-me diante deles como uma professora deve se manter diante de jovens pesquisadores ao mesmo tempo desejosos de aprender e preocupados em fazer entender sua própria voz. Dito de outro modo, entrava no anfiteatro, ou na sala de aula, sob o olhar benevolente de meus amigos, e o seminário começava. Ensinar, transmitir é um prazer necessário do qual eu não me canso. O que aflora nesse instante não é da ordem de um saber acadêmico ou puramente empírico. Confrontei-me com uma desmontagem de ideias que redobravam meu prazer e nulificavam minhas certezas. É certo que o filósofo, assegurado de sempre poder domar o que não lhe pertence, pudesse se deslocar sobre o registro da literatura, depositando aí todo seu poderio conceitual? Certamente não, e aquele que teria a pretensão de dizer filosoficamente o que é a literatura seria um intelectual medíocre. Tinha organizado minha "toca"[2] pedagógica de modo que ela corresse bem. O problema não é tanto o de saber se minha construção estava irrepreensível quanto o de suscitar uma *épokhé* no cerne da sincronia do meu discurso. Vista do "fora", a saber, do ponto de vista dos estudantes e dos colegas brasileiros tal como eu a percebi, minha "toca" era um paradigma de "desterritorialidade" ou, pelo menos, de "desconstrução" de minhas próprias preocupações e obsessões intelectuais, e Kafka me fornecia o modelo. Eu devia de minha parte sair da toca, e para chegar a isso, era preciso que viessem a mim essas formas de interrupção do pensamento falante que nos obriga a operar incessantes deslocamentos.

Foi aí que se deu uma completa reviravolta de circunstâncias da qual falo *a posteriori*. De modo que a fina divisória que separa filosofia e literatura começa a ceder e que eu possa hoje escrever, como Kafka o fez em uma carta datada de

---

[2] Utilizo a palavra "toca" por analogia ao conto de Kafka, *A construção*, escrito em Berlim em 1923, seis meses antes da morte do escritor. Comentei longamente essa narrativa na Universidade Federal do Rio de Janeiro. Danielle Cohen-Levinas se vale de uma ambiguidade na tradução francesa do conto *Der Bau*, que permanece inaudita na consagrada tradução por "construção" na língua portuguesa. (N.T.)

28 de setembro de 1912, endereçada a Felice Bauer: "agora que a porta que nos separa começa a se abrir, ou que ao menos tenhamos a maçaneta, posso bem te dizê-lo".

"Posso bem te dizê-lo...", posso bem te confiar essas poucas vibrações de inquietude nascente a partir do momento em que a língua na qual fui interpelada a responder acerca de meus argumentos não foi a minha, mas o português. É preciso que eu acrescente algo que ainda não tenha dito: amo a língua portuguesa que se fala no Brasil. Eis que me valho do tom da confidência para dizer mais que uma emoção, mais que um afeto. O que ensaio exprimir é complexo. Trata-se nada menos de uma certeza sem fundamento. Ensinar aparece então como uma tentativa de evitar os caminhos que levam ao modos de uso ou de explicação de texto. Falar de Kafka remonta a entrar em sua língua, entrar na toca da escritura que teve cuidado em aferrolhar todas as entradas. Essa desconfiança com respeito ao fora é uma abertura possível na qual não hesito em me embrenhar. Em seu *Diário*, Kafka anota em 5 de novembro de 1911: "cada pedaço da história erra por lá e aqui apátrida (*heimatlos*) e me lanço na direção oposta".

Chovia forte quando estive no Rio. De uma chuva que não cede em nada a seu caráter de chuva. Pontuo que estávamos no verão e que essa chuva me dava a ver o inverso de uma narrativa previsível, do estilo: *era uma vez no Rio a pleno sol...!*

Durante alguns dias que passei no Rio, não tenho lembrança de ter encontrado esse pleno sol. Algumas nesgas no céu, sem dúvida, mas não incandescência no meio de um céu fracassado de brasas. Em compensação, nós assistimos ao nascimento de um duplo arco-íris, como dois irmãos gêmeos que se afrontam sem compreender que eles se parecem com duas gotas d'água. Não esquecerei essa aparição sobrenatural, uma tarde, em Copacabana, à beira mar. Ela participa do que chamo minha *virada* literária. Gostaria, como Kafka, de poder inventar histórias que se mantivessem em uma só frase. Por exemplo: o nascimento simultâneo de dois arcos-íris é na realidade o único nascimento verdadeiro, pois ele vem do céu. A existência do escritor e do filósofo não vem do que a eles cai do céu? Um céu habitado por dois arcos-íris não é a promessa de um desenlace por-vir? Gostaria tanto de ser um desses dois arcos-íris, só para ver ao que se parece do alto um homem que levanta a cabeça para me olhar.

Paro aqui minhas divagações e meditações poéticas. Importa-me deixar-me seduzir e apanhar pela língua, pela cidade, pelo céu, pelas pessoas, pelo ar que respiro. São como inscrições corporais, uma passagem ao limite, um vivido inassimilável, um redobramento romanesco. Uma parte de meus cursos foi consagrada a Proust. Imagino com facilidade que Proust poderia ser brasileiro – natural do Rio, penso, por conta do mar, dos sinos das igrejas barrocas, da melancolia infinita que circula pelas calçadas. Proust e o bilinguismo: francês-português. Uma língua para o voluntarismo da memória, uma outra para a memória involuntária. Uma maneira de prova da alteridade radical. As narrativas de Proust têm isso de particular, que elas não reduzem a escritura a objetos enumeráveis e codificáveis. Ele procede por espaço de tempo. Reencontro aqui o embalo de que falava inicialmente: o embalo da própria língua. Nenhuma imobilidade de situação ou de objeto ocorre e, por isso, ela seria simplesmente rejeitada pela dimensão subjetiva que habita os sujeitos falantes. A essência fugitiva de Albertine não pode ser descrita e nomeada, não mais que ela possa se satisfazer de inumeráveis retratos que dela tenta fazer o narrador. Nenhum entre eles pode restituir a fluidez do tempo da consciência de Albertine. Ela desliza entre os dedos do escritor. Ela rebenta a forma. Alguns falam de fracasso. Mas não, eles nada compreenderam. Que venham ao Brasil ouvir o rumor da chuva no Rio "no chão e nos telhados" (Verlaine); ou que venham dar uma volta de veleiro no lago em Brasília! Falo muito seriamente. O tempo proustiano se situa entre os interstícios, o entre do entre. Ele é fundamentalmente aquático e implica *de facto* uma relação inseparável entre dois sujeitos: Marcel e Albertine.

Por que escrevo esse texto? Porque me apego a redigir o que chamei *Journal do Brasil*: dupla língua no título, duplo arco-íris, bilinguismo de um tempo que repousa entre a língua do outro e o outro da língua.

Gostaria de prestar homenagem a um lugar que me fez sentir o que era a cor do tempo. Um acontecimento puro, sem dúvida proustiano, ou ao menos, tomado como tal, porque falava de Proust e que esse último me apareceu sob um rosto transbordante de tudo o que lhe é estrangeiro, de tudo o que vem disseminar seu mundo. Não está aí o próprio sentido do mistério que a literatura dá em partilha com a filosofia? Longe de redobrar a experiência sobre uma frase teórica, a viagem ao Brasil terá representado um momento de paixão e de estrangeiridade absoluta. A fala do filósofo não é mais aquela que "pensa logo sou". Ela se mantém sobre o limiar do sensível e opera assim uma cisão consigo mesma. É seu risco, sua prova, sua glória. A filosofia em duas línguas é um defeito de língua que mobiliza tanto os conceitos quanto as formas narrativas: uma cabeça pende do lado da narrativa, a outra, do lado do pensamento refletido e reflexivo. Entre as duas, eu não escolho. O conceito tomado pela ficção pode enfim "tocar" o que ele pensa; a ficção tomada pelo conceito pode enfim se despregar dos abusos da imaginação e da representação. A questão se põe a mostrar em que um e outro consome do tempo, das línguas, dos lugares, "até o limite do que não se limita", escreve Blanchot em *L'attente l'oubli*.

Retornei do Brasil na quinta-feira, 5 de dezembro de 2013. Desde aí, tomo notas. Fabrico-me um novo caminho, entre literatura e filosofia, uma sendo como a impossibilidade da outra. Releio os autores dos quais falei no Rio e depois em Brasília. Essa releitura provoca um quiasma no meio da partilha de vocações. A voz narrativa poderia bem ser subtraída a toda narração, restaria aí sempre um rastro sobre o pensamento que revela as possibilidades da língua. É com efeito uma prova, "sufocante" diria Bataille, mas uma bela prova, um encetamento em um começo de interpretação e de desconstrução sem linhagem.

Penso nas palavras que escrevia Jorge Luis Borges em Mar del Plata, em *Babel*, ou em uma biblioteca que o narrador de "Última palavra" talvez visitara ou frequentara:

> Conheço um distrito bárbaro onde os bibliotecários repudiam como supersticioso e vão o costume de buscar nos livros um sentido qualquer, e o comparam a esse de interrogar os sonhos ou os signos caóticos da mão. (...) Eles admitem que os inventores da escrita imitaram vinte e cinco símbolos naturais, mas eles sustentam que essa aplicação é ocasional e que os livros nada querem dizer por si-mesmos (Borges, 1957).

Precisaria exibir a mão do filósofo e essa do escritor, integralmente. Ler entre suas linhas, tecer rendilhados, antecipar suas intrusões recíprocas. Precisaria se fazer "vidente". Velho sonho que Rimbaud aspirava. A mão que escreve é também aquela que prevê, profetisa, distribui os destinos, as terras prometidas e as tocas.

Em Brasília, na véspera de minha partida, encontramos uma senhora muito grande, muito ruiva, muito singular, muito romanesca. Ela chama-se Linda. Ela conhece a linguagem dos signos. Eu a vi pegar xícaras de café que ela mesma preparava e depois interpretar as minúsculas ramificações que fazia a borra de café que permanecia colada no fundo da xícara. Como Kafka, como Benjamin, um signo é um presságio. Um presságio, considerado do ponto de vista do escritor e do pensador, supõe uma relação entre a ficção e a busca da quase *verdade* que assombra os sonhos do aprendiz-pensador. Esse último deveria aprender a ler na mão ou a "borra" do duplo arco-íris que é a filosofia à prova da literatura.

Paris, 15 de janeiro de 2014.

Referências bibliográficas

DERRIDA, Jacques (1996). *Le monolinguisme del'autre*. Paris: Galilée.
BORGES, Jorge Luis (1957). "La biblioteque de Babel". *Fictions*. Paris: Gallimard.

A ética, ainda uma vez – eles nos terão obrigado...[1]

A Emmanuel Levinas e a Jacques Derrida, onde quer que eles estejam...

Sublinhando a importância primordial das questões postas por Derrida, queremos dizer o prazer de um contato no coração de um quiasma.
Levinas

Cada vez que eu leio ou releio Emmanuel Levinas, sinto-me deslumbrado de gratidão e de admiração.
Derrida

Com efeito, houve quiasma entre os dois pensadores. Quiasma, isto é, encontro, gratidão e admiração. Houve quiasma e houve mais do que um quiasma. Uma forma de *philia* hiperbólica que transitava não necessariamente por intercâmbios de viva voz, mas pelos livros, antes de tudo; os livros, sobretudo, tudo o que sob um nome alcança um outro, desde uma escuta que o autor não tem acesso: uma obra a decifrar. É então de um livro de Levinas que chegou a Derrida e de um texto em torno de Derrida que chegou a Levinas, que eu falarei. Como se se tratasse – e é, sem dúvida, o caso – de submeter o idioma de um ao idioma do outro, de ouvir a prevalência e a interpelação pelo Outro como duas modalidades inquestionáveis, pondo em questão, de modo todo outro, a relação à ética. Ousar-se-ia afirmar que a questão da ética não se anuncia aqui por nenhuma maiúscula; não há nisso nada de fundamentalmente novo, se não é para atestar que nos dois filósofos, é a experiência do caráter indecidível do sentido único ou unívoco de um signo, levada pela responsabilidade ao apelo do outro, que define a estrutura mesma da exterioridade como tal. A suspeita aqui manifesta é aquela da filosofia grega, e é ainda do lado dessa filosofia que Derrida não hesitará em formular, no encontro com Levinas, a objeção mais radical, que não se saberia subestimar o alcance, já que ela concerne prioritariamente à categoria da alteridade, em sua oposição ao *logos* como identidade da significação. Eu me adianto em acrescentar que a palavra "objeção" não é de Derrida, que a teria achado, sem dúvida, forçada demais. Para ele, sua leitura e sua interpretação dos textos de Levinas não prescindem de uma categoria crítica que tenda a cavar o diferido ou a recusa em aderir a isso. Bem ao contrário, houve quiasma, logo, toque.

Se devemos falar de amizade filosófica entre Derrida e Levinas – e é isso que eu quero testemunhar aqui –, é preciso começar por lembrar que o

---
[1] Para toda referência a esse texto, é obrigatório indicar a referência de publicação: aparecendo no *Magazine littéraire*, Número dedicado a Derrida, 2010.

verdadeiro encontro foi suscitado por nada menos que a exortação a se desvincular da figura emblemática de Parmênides, esse último representando não somente uma época determinada da história da filosofia, mas também o espírito e a própria letra da racionalidade ocidental, permanecendo igual a si-mesma de "Iona a Iéna" – para retomar a expressão de Rosenzweig. Essa lembrança/retorno a Parmênides, Levinas a exprime ao fim de *Totalidade e infinito*: "o ser se produz como múltiplo e como cindido em mesmo e outro. É sua estrutura última. Ele é sociedade e, por aí, ele é tempo. Nós saímos assim da filosofia do ser parmenídica" (1961, p. 247).

O admirável comentário de Derrida não tardará a seguir. Ele vê em Levinas não somente um dos pensamentos mais essenciais e mais fortes da segunda metade do século XX, no seio do qual o seu encontrou uma ancoragem e um desdobramento particularmente significativos desde o início dos anos 1990, mas também uma crítica notável e sem precedentes das razões pelas quais, ao se definir no horizonte da totalidade e da unidade do ser, a verdade teria para sempre fechado o acesso à irrupção da alteridade, do face a face como experiência humana por excelência, cujo destino não terá jamais sido apreendido ou protegido em sua autonomia positiva, mas antes enterrado na figura relativa do signo reduzido ao mesmo, forçado a uma forma de obliteração e, por conseguinte, submetido desde a origem a diversos regimes e registros de violência.

Qual é esta exortação que rompe com Parmênides, que incorre nisto que Derrida chama um "segundo parricídio" (1967, p. 133)?

> É preciso matar o pai grego que nos mantém ainda sob sua lei, escreve Derrida, isto a que um Grego – Platão – jamais pôde resolver sinceramente, o diferimento de um assassinato alucinatório. Alucinação na alucinação já da palavra. Mas, o que um Grego, aqui, não pôde fazer, um não-Grego não o conseguirá de outro modo senão se disfarçando de Grego, falando grego, fingindo falar grego para se aproximar do rei? E, como se trata de matar uma palavra, nunca se saberá quem é a última vítima desse fingimento? Pode-se fingir falar uma linguagem? (id., ibid.).

Não se saberia escrever melhor os batimentos, tracejados, distanciamentos e intervalos da língua levinasiana próximo do que Derrida chama "uma questão toda outra" (1972, p. 207). Levinas constantemente procurou dizer e desdizer em grego princípios que a Grécia ignorava. Era evidente para Derrida, tão vivaz que foi o tormento de Levinas com os gregos, com o *logos* grego, que o projeto deste último não foi de se livrar dele, opondo-lhe a fonte judaico-cristã, mas de abandonar a unidade fechada do "eu"; de torná-la, desde o começo, já duas, sem levar em conta o momento em que o terceiro aparece; de fazer de modo que o "eu" se abra ao "mais de um"² caro a Derrida, ao "múltiplo" de Jean-Luc Nancy. Definitivamente, "nem judeu nem grego", mas antes, "judeu e grego" e... Atenas e Jerusalém. Não se livra assim do *logos*. Derrida não se contenta em ler e em interpretar Levinas com generosidade e severidade. Ele afirma, no próprio movimento de sua leitura, a urgência de uma filosofia caracterizada pela recusa de toda teologia ou cumprimento final da promessa.

O surpreendente do pensamento de Levinas, sua "maravilha", para retomar uma palavra do filósofo, é que ela representou uma chance para a filosofia que Derrida não deixou de agarrar a oportunidade, interrogando-se sobre a validade de uma tal necessidade, que consiste em voltar à conceitualidade do *logos* grego a fim de voltar contra ela-mesma, para aí perceber uma saída possível da violência, da imposição do ser como ente. Editado três anos após *Totalidade e infinito*, "Violência e metafísica", de Jacques Derrida foi o primeiro grande estudo consagrado ao pensamento de Emmanuel Levinas. Ele foi - a mim importa ressaltá-lo, ainda que alguns sustentem a tese estritamente oposta - uma abertura decisiva à recepção da obra de Levinas. Os leitores de Derrida e de Levinas sabem quanto "Violência e metafísica" - que para muitos olhares pode ser considerado uma espécie de defesa do *logos*, uma das mais poderosas escritas nesse período - permite compreender a significação aporética da perturbação de uma língua por outra, o modo com que o *logos* é submetido do interior, e sob o nome de estrutura ética da subjetividade, uma sucessão de interrupções - a própria diacronia do tempo e da temporalização do face a face. Haveria uma diferença ainda mais impensada que a diferença entre o ser e o ente, e ela seria o movimento sem volta em direção a uma alteridade tornando possível a destruição da instituição do eu.

Ainda que esse texto coloque em evidência, com uma acuidade exemplar, o jogo das contradições de um pensamento radicalmente inovador, ele permite, sobretudo, medir o alcance que a palavra *violência* assume em Levinas, sua equivocidade perturbadora, que ele próprio não deixou se instalar, e sua força de recusa da linguagem da ontologia no momento preciso em que o filósofo dela fazia uso. Entre a violência mortífera do Eu, a violência inerente à metafísica e a violência traumática do eu no acusativo, o que difere é o lugar ao qual cada uma das ocorrências remonta. Ou para dizê-lo de outro modo, uma remonta ao dentro, e outra ao fora. Nenhuma síntese de entendimento é possível entre os dois, nenhum saber. Com efeito, é a chance, inédita, da filosofia de operar esse abandono ao extremo. Acrescento que a violência última a qual somos confrontados face à morte, reenvia-nos ao dentro da existência finita. É aí, para Levinas como para Derrida, que há o outro e não somente o ser, não apenas um

---

2 Há aqui um impasse tradutório, na língua francesa há dois sentidos à expressão *"plus d'un"*: "mais de um" e "nenhum", e Derrida joga com essa dubiedade a todo tempo. (N.T.)

movimento de transcendência senão uma responsabilidade primordial por este outro, mais um outro [*plus d'un autre*], de sorte que o cuidado relativo a outrem precede o cuidado de si. Nem Levinas nem Derrida esquecerão esta fenomenologia dramática do ser-para-a-morte que comanda *Sein und Zeit*. E, de todos os possíveis que são ofertados ao homem experienciar, a morte é antes "a possibilidade do impossível", a desaparição sem mais [*sans reste*]. Esse resto inassimilável que vem inquietar a presença traz o nome de Outrem. A essa política da linguagem da ontologia, mais frequentemente identificada com a guerra, Levinas e Derrida opõem uma escritura e toda uma série de idiomas hiperbólicos que buscam nomear o impensado e o inominado do pensamento e do nome. Para Levinas, não há dúvida de que um dos pontos de encontro com Derrida se situou no motivo da anarquia do Dizer, o qual não é estranho à desconstrução das analogias em Derrida.

Triunfo da ética então, mas de uma ética sem assunção nem bandeira. Uma vez que Levinas substitui o ser pelo outro, Derrida faz entrar a noção de alteridade em uma aporia mais ampla, na medida em que, para ele, a alteridade não pode se definir fora de uma relação com a identidade. Eu me coloco então ao lado da desconstrução para ver um pouco como, segundo Levinas, "tudo é de outro modo se ainda se pode falar de ser" (1976, p. 81). Se, como afirma Derrida, a desconstrução não é nem um saber nem um método, mas "somente o que chega, se chega" (2004, p. 25), não é preciso, sem dúvida, hesitar em entender nele, desde "Violência e metafísica", até *Democracia por vir*, passando por *Políticas da amizade*, *Espectros de Marx*, *O monolinguismo do outro*, *Dar a morte*, *Adeus a Emmanuel Levinas*, e na série dos últimos seminários em vias de publicação, uma incessante desconstrução do ser, do ser-em-desconstrução, face ao indesconstrutível do outro. Eis porque a dinâmica de destruição manifesta sua evidência mais profunda na ética posta em *seriatura*[3]: a alteridade e a *différance*.

Logo, não é mais apenas da ética que é preciso falar, mas de ético-ética, no sentido em que a obra de Derrida e de Levinas está a caminho, o que quer que chegue, *se chega*.

Certamente, tal *philiança* nos autoriza pensar essas duas obras juntas, mas sempre numa relação de singularidade assimétrica em que partilham, ao extremo, a hospitalidade e a inspiração de uma palavra de justiça e de paz na qual sopra tanto a promessa de uma escatologia messiânica quanto aquela de uma messianidade sem messias.

---

[3] Neologismo criado por Derrida [*sérieature*] a partir de "série" e "rasura" [*série* e *rature*]; ensaiando define-lo como "suplementariedade de entrelaçamentos" (p. 286).

Referências bibliográficas

DERRIDA, Jacques (2004). "*Et cetera...*". *Cahier de l"herne Derrida*. Paris.
_____ (1972). *Marges de la philosophie*. Paris: Minuit.
_____ (1967). *L'écriture et la différence*. Paris: Seuil.
LEVINAS, Emmanuel (1976). "Tout autrement". *Noms propres*. Montpellier: Fata Morgana.
_____ (1961). *Totalité et infini*. La Haye: Nijhoff.

Uma interrupção pensativa – Derrida diante de Celan

> Es gab sich Dir in die Hand:
> Ein Du, todlos,
> An dem alles Ich zu sich kam[1].
> Celan

> ich seh dich, du pflückst sie mit meinen
> neuen, meinen
> Jedermannshänden, du tust sie
> ins Abermals-Helle, das niemand
> zu weinen braucht noch zu nennen.
> Celan

O poema fala. Partiremos, portanto, dele e de sua fala. Ele fala "ele mesmo dele mesmo", diz Derrida (2003, p. 40). Poderíamos, ao interrogarmos esse idioma poético, proceder de maneira quase fenomenológica, não para auscultar as singularidades da intencionalidade poética, mas para mostrar, a partir dos próprios poemas, como aquilo que vem do mundo do fora trabalha o mundo do poeta, como esse entre-dois é a característica imanente do que se dá a ler. Assiste-se, no movimento de leitura, a um desdobramento da língua que inicia um processo de duplicação, um desdobramento em direção a um fora extremo, a ideia de que o poema não retém os acontecimentos do mundo como objetos de ciência, que sua forma não é redutível à aparência e que o aparecer do poema sustém uma verdade ao mesmo tempo em que ele não a mostra. A intencionalidade poética que fala por trás, com e em si transborda a extensão do signo, não mais exatamente para alcançar a uma suposta origem, para encontrá-la ou revelá-la, mas para ultrapassar o "passo ganho/não ganho" [pas gagné] de Rimbaud e se dessolidarizar das percepções nas quais tudo estaria já escrito, pensado, habitado, poetizado. Não deveria ser impossível, a partir do "pas gagné" da experiência poética, entender as diversas modalidades do dizer e do dito que, no poema, reenviam tanto às camadas sedimentadas e subterrâneas do ser de onde surge o que é dito ou não, quanto ao despertar ao desconhecido e ao risco da desapropriação. Difícil distanciamento entre os poetas que nomeiam o que é por vezes velado e desvelado, que sinalizam ao estranho retorno que representa, a partir de uma extrema lonjura, a passagem ao que nos é mais próximo, e o poema, que opõe ao motivo do retorno à pátria, um movimento de desapego radical, a

---

[1] "Ele se ofereceria a ti em sua mão: / um Tu, sem morte / junto a qual todo o Eu retornaria a si". Tradução nossa, assim, como toda tradução não referenciada dessa primeira parte do volume. (N.T.)

singularidade de uma abertura cuja forma é o apelo (*Anspruch*) ao outro. Não há poesia sem essa forma de apelo cuja finalidade sem fim constitui uma finalidade paradoxal, nisso que ela nada finda, não retorna a nada, mas persegue esse movimento de saída até um outro inacessível a si que, à parte sua inacessibilidade, difere o fim e suspende a questão da finitude. A finitude do poema designaria então o fim do reino da presença e não mais seu relançar. Ausência de finalidade, não somente pelo retraimento da origem, mas pelo fato de que o poema é precipitado na fenda do outro. "Lançado como [se] ritmado" diz Jean-Luc Nancy,

> Por seu ir-a-si, em si, que o tira de si, que o tira do fundo e do todo para lançá-lo ao único insignificante que o lança por sua vez à comunicação geral de todas as unicidades nesse ritmo que os disjuntam e os conjugam uns aos outros" (2001, p. 63)[2].

Por detrás da língua do poema, o pano de fundo de seus signos, o poema faz ressoar um idioma que bem poderia ser a alteridade do próprio em pessoa, isso que o poema diz e que ele diz sobre o modo do corte, da separação de si. Chamamos isso a loucura do próprio. Jean-Luc Nancy dá a esse corte o rosto da "fenda": "apartando-se para soar sua fenda e assim se *fazer a si*, em si, propriamente reconhecer" (id., p. 51). É o caso de um assombro do outro de que o poema não escapa. Eu penso imediatamente no poema de Baudelaire (1957), "O sino rachado" [*La cloche fêlée*], em que o "a si", "em si" é já tal como ao outro, no outro e pelo outro lançado à abertura dessa fenda, assombrado por ela: "quanto a mim, minha alma está rachada", escreve Baudelaire. Esse tema da fenda em Jean-Luc Nancy, propositadamente o relaciono com aquele da circuncisão que Derrida sublinha num poema de Celan[3]:

> Diesem
> beschneide das wort
>
> A esse
> circuncido a palavra (1979, p. 71)

Fenda a si, em si, fenda de alma em Baudelaire e circuncisão da palavra em Celan: para tocar esse ritmo de um e de outro, é preciso um "já e não ainda língua"(2001, p. 63), uma fenda que assumiu o risco de ser reenviada à materialidade acústica do *Unheimliche* de seu rumor, uma experiência poética limite, que Jean-Luc Nancy escuta no batimento sincopado ao qual o ser por vezes se reduz, "uma trás-língua, glote e goela bárbara ao fundo da garganta, colisão

---

[2] Nesse capítulo que Jean-Luc Nancy chamou "Borbogymes", não se trata de poesia propriamente dita, mas de uma reflexão sobre o "próprio" e sobre o que vem a assombrar o "próprio". Ora, essa questão do "próprio" é também aquilo sobre o que repousa nosso questionamento sobre a poesia em geral e particularmente sobre a poesia de Celan. Trata-se de um assombro do próprio ao qual o poema não escapa.
[3] "Einem, der vor der Tür stand", "A un qui se tenait devant la porte", tradução de Martine Broda.

pedregosa e ascendente de um canto, ganido e rugido, animal não falante que dá a voz" (id., ibid.). É exatamente isso que escuto no poema de Celan, "Sibérien":

> Também eu,
> tenho a pedra-de-cores-de-mil-anos
> na garganta, a pedra-coração,
> também a mim,
> me vem do verde-gris
> sobre o lábio[4].

O sentido da fenda do poema, de sua fresta, da circuncisão das palavras não é jamais dado a si-mesmo senão pela distribuição de signos que ele faz soar ali onde a língua nomeia o inarticulado da fala; ali onde se apaga o que faz sentido e remonta a ele, "como o idioma rítmico e melódico da própria origem, seu poema único" (Nancy, 2001, p. 64). Ou seja, aquele que fixa, de uma vez por todas, o destino do poema. Logo, é preciso que cada poema nasça desse inimitável idioma, de uma vacilação do próprio timbre da língua para que ele possa avançar, em máxima inquietude, que ele faça quebrar os significantes, vacilar as representações, obrigado a se perder para se abrir à sua significância, colocar-se a falar. Escuta-se a fenda? Há uma diferença audível entre uma palavra circuncidada e uma palavra que não a é? Enquanto avança o poema, fenda e incisão na palavra (circuncisão) se apresentam em seus nomes próprios ao leitor? Ter-se-á entendido que a verdade do poema de que falo é indissociável dessa fenda e circuncisão da palavra, de sua unicidade exemplar que abre o próprio sentido. Entendo aqui a palavra verdade em sua acepção ética, a passagem à fenda do outro. Ora, essa verdade do poema dever ser entendida, não como um face a face com a figura do retorno à pátria, mas como a própria impossibilidade desse face a face. O poema não fala senão disso. Esse é hoje seu requisito mais radical. A fenda da alteridade se apropria da fenda do poema e, ao tê-la em posse, nomeia-a propriamente, não para significá-la, mas para subtraí-la a um regime de sentido, extraí-la de sua língua de origem. Então o poema sucumbe de fato, ele entoa, balbucia, titubeia, gane, machuca, canto de uma voz inimitável, de uma voz fraturada, afásica, como um apelo por ar, um apelo de fora que o chama, como um empurrão ao outro, uma aspiração para dizer o impossível. Essa aspiração consiste numa inspiração singular para se levar rio acima a possibilidade de sua impossibilidade. A fenda não se ouve, mas sua significância é a própria estrutura de sua subjetividade ética. É na ética que o poema advém como nome e que a resposta ao apelo toca o ritmo da fala de outrem, o lugar de uma alteração do em si poético já bem começado pela fenda, por aquilo que sucumbiu e

---

4 "*Auch mir // steht der tausendjahrfarbene // Stein in der Kehle, der Herzstein, // Auch ich // setze Grünspan an // an der Lippe*".

que ao sucumbir deixa o aberto a seu eco ou ao suspenso da fenda. A palavra se dissolve na síncope. Tentemos partir daí. A resposta ao apelo seria a retomada e o relançar da voz rachada do poema, o apelo ao encontro. Como fazer ouvir o impossível querer-dizer da língua de Celan, por exemplo, sua voz rachada que em si não é talvez uma voz, mas que apesar de tudo o é, no sentido em que ela vai em direção a sua própria amplificação, sua própria dilatação, naquilo que ela já é, em si, um espaçamento dela mesma, isto é, um *se responder*?

Junto
de mil ídolos
perdi uma palavra, que me buscava:
Kaddisch[5] (Celan).

Ainda tomo de empréstimo de Jean-Luc Nancy a ideia de que uma voz é sempre duas, ao menos, "sempre polifônica, de algum modo" (2001, p. 169). A fenda e a circuncisão podem ir até à perda da palavra que busca a mão e a voz do poeta para viver sua perda. Resta o rumor de sua perda, resta a outra voz, todas as outras "como a interpelação da hora", escreve Jacques Derrida (1986, p. 94). Mas justamente o rumor dessa perda, o próprio da fenda, por pouco que ela chegue a tocar o ouvido, não é um idioma que se escuta, nem ao menos que se vocalize. Ele se mantém dentre todos os outros rumores do poema, entre a polifonia das vozes; vozes projéteis que se lançam umas às outras a palavra. O timbre de suas vozes entremeadas é indissociável de um retinido do endereçamento, de um envio de escuta e de toque. É preciso insistir no fato de que o próprio do rumor não institui, de maneira alguma, uma forma de constrição ou de grunhido poético que pudesse se tornar um exemplo. Esse rumor não se ouve nem se deixa ser aprisionado por um sentido. Detrás dele, não há nada mais. Nada detrás, nada adiante. Ele não é nem um fenômeno, nem um rastro de um pano de fundo. Ele é sem profundidade e sem perspectiva; um puro acontecimento de fenda, a própria coisa que se fende, em plena perda e deflagração. Daí a urgência de sua extrema abertura, "de todo sentido, em todos os sentidos, a todos os sentidos" para falar a língua de Jean-Luc Nancy. Mas essa abertura, acrescenta Nancy, "deve ser aberta, fendida, provocada, batida ou esgarçada a cada vez, incessantemente" (2001, p. 60).

O poeta, a quem se vê roubado [*dérobé*] o uso de sua língua, esforça-se para pensar as alternâncias da abertura: abertura ao interior do batimento do poema e abertura ao absolutamente outro que não a voz monódica do próprio poema. A abertura se modula ao infinito na voz e no ouvido que vêm do fora. Antes de dizer ou de querer dizer, o poema chama, como *demorado* num lugar de ressonância que não é mais sua língua, nem sua voz nem sua escuta. É, sem dúvida, aí que residiria também sua singularidade não originária, mas antes primitiva.

---

5 "*An // die Vielgötterei // verlor ich ein Wort, das mich suchte : // Kaddisch*".

Assim a chamemos. É, sem dúvida, a esse ponto de fenda que introduziria uma cesura do mesmo modo com que Philippe Lacoue-Labarthe entende em Celan o falar ao outro, a intimidade do encontrar:

> O "contra" do encontrar-se ou do encontro não é portanto simplesmente o "contra" da oposição. (...) É o contra da proximidade, isto é dis-tanciamento [é-loignement]. O outro se dis-tancia de todo contra, mais próximo, de uma proximidade tal, que ela faz o próprio descarte da intimidade de onde são possíveis pensamento e fala, isto é, o diálogo. (...) O poema (o ato poético), sobre esse modo que lhe é próprio (diálogo), é pensamento da presença do presente, seja do outro desse que está presente: pensamento do nada (do ser), isto é, pensamento do tempo" (1986, p. 96).

> Eu sei,
> eu sei e tu sabes, nós sabemos, nós não sabíamos, mas
> estávamos aqui e não lá,
> e às vezes, quando
> não havia mais que o Nada entre nós, nós nos encontrávamos
> um e outro perfeitamente[6] (Celan).

De imediato, proponho a hipótese de que a poesia de Celan é a recusa da ontologia, é o encontro com o improvável para além da ontologia, é a possibilidade de pensar e conceber um gesto poético como acontecimento essencial da língua sem presença, um idioma de primeira vez que não possa se conceber na forma ou na categoria da presença. Logo, o poema de Celan é palavra sobre o limite, ao limite. No conjunto dessas ideias, o acontecimento, a presença, o dizer, o desdizer, o *há* (*es gibt*) são já idiomas de destinação. São inteiramente *para* o limite, em direção à. O poema deve desde aí se entender como fala que fala e que envia.

TOCAR O TEMPO

Isso que se segue progride como uma tentativa dentro da noite, como uma investida ao desconhecido para pesar o pensamento do poema, para aproximar *de todo outramente* um pensamento do tempo que não seja precisamente pensamento do nada. Um pensamento do poema que pense o tempo antes mesmo de pensar, que detenha a coisa *tempo* como *tal*, que a nomeie, diga-a propriamente. Envio cuja destinação resida indecidível, cuja vocação é de permanecer sempre por vir, como é o caso para todas as modalidades de escritura, e em particular o poema. Essa destinação que permanece por vir, eu a entendo pela antecâmara

---

[6] "ich Weiss // ich Weiss und du weisst, wir wusten, // wir wussten nicht, wir // waren ja da und nicht dort, // und zuweillen, wenn // nir das Nichts zwischen uns stand, fanden // wir ganz zweinander".

do *outro diferentemente do ser* de Levinas[7] e pela espectralidade derridiana sobre a qual eu me deterei. Espectralidade de um tempo que não dê o tempo, de um axioma que suponha que nós nos interroguemos sobre o instante em que o indecidível aparece, em que o envio a um outro se reveste de uma significância cuja efetividade empírica desajusta a identidade da destinação. Adentraríamos, portanto, a poesia de Celan pela porta desse indecidível, por uma escritura que não somente escreva, mas envie e que, ao enviar, exceda tudo o que a história da metafísica balizou como arquia, *télos*, teologia, teleologia ou ontologia. Adentraríamos aí pela porta de um incômodo, de uma disjuntura que traça ela mesma a *différance* entre a origem do poema e seu endereçamento efetivo. Um pouco como na réplica de Hamlet, em que o poema se desprende dele mesmo e, fazendo isso, nos dá a ler e a meditar uma escritura sem ausência nem presença: "*Enter the Ghost, exit the Ghost, re-enter the Ghost*" (Hamlet). Uma história de fantasmas, em suma, tanto quanto de espectralidade. O poema se tornaria estranho a sua fonte. Ele se subtrairia a ela, desacordaria-se. Seria uma figura de desarmonia, a própria intempestividade da língua, seu risco, sua queixa, seus acessos de riso e seus prantos. O motivo da disjunção em operação na escritura poética é o porquê de a responsabilidade do leitor estar engajada, é a possibilidade impossível dada ao poema de ser tocado por um excesso: o fora que a língua incisa em si mesma, deixando diante de si e não detrás o rumor de sua fenda. Ao se transbordar, o poema conhece o desejo do outro. O que ocorre nessa partilha de vozes, de incisões e fendas, é o próprio singular do poema, um "dizer sem dito" segundo Levinas (2004, p. 15), um arquirrastro, "um aperto de mão"[8] segundo a expressão de Celan.

Como falar da poesia de Celan? E como falar do texto de Derrida sobre a poesia de Celan[9]? Como pensar seu dizer poético a partir da destinação da qual ele fala, a partir da "data que já fala dela mesma" (Derrida, 1986, p. 22), esse motivo derridiano graças ao qual o poema sai de seu mutismo, de um silêncio trágico murado pelo indecifrável? Como fazer entender pelo poema o que Hegel nomeia desde as primeiras palavras que abrem a *Filosofia do espírito de 1805*, "*die Nacht der Welt*"? Como transformar em bênção essa noite pavorosa vinda a seu tempo ao nosso encontro? Como o poema celaniano chega a soprar sobre essa noite dos tempos, sobre essa *Vorzeit* esquecida das datas e dos acontecimentos?

---

7 Em *La poésie comme experience*, Philippe Lacoue-Labarthe repreende Levinas severamente: "Certamente, Celan não diz *o* tempo, mas, falando do outro que é, a cada vez, tal ou tal outro: *seu* tempo. (...) Mas eu não acredito que se possa usar como argumento, como se precipita um pouco ao fazê-lo Levinas, em favor de sabe-se lá qual improvável "para além" da "ontologia". Em favor de um *pathos, stricto sensu*, do "outro diferentemente de ser" (p. 97).
8 Carta de Paul Celan a Paul Bender: "Eu não vejo diferença entre um aperto de mão e um poema" (apud Levinas, 2004).
9 Citarei essencialmente *Schibboleth pour Paul Celan* (1986) e *Béliers, Le dialogue ininterrompu: entre deux infinis, le poème* (2003).

Como ele sucede em salvar da miragem metafísica noturna a memória das datas, como um ato de fala no sentido quase jurídico do termo, que permitiria ao poema habitar sua própria data, habitar *na* sua data? Como a singularidade do poema e sua solidão cruzam a data na qual elas habitam, sem tocar o que Celan chama de "*Geheimnis der Begegnung*": o segredo do encontro? O pensador da disseminação e da desconstrução começa primeiramente, sobre os rastros de Levinas, a leitura e a tradução do poema sobre uma alteridade radical, sobre a ideia de um índice, de um "aperto de mão" que se define pela única exterioridade, por uma dinâmica do envio e de reenvio à mão do outro sempre em excesso sobre a diferença do ser e do ente. O hermeneuta que dá sentido ao que diz o poema, que decifra as significações ao lhe restituir um sentido, abre a interpretação a um diálogo contínuo e descontínuo com o texto, mas sempre no horizonte de um desejo de origem. A maneira que Derrida examina a poesia de Celan permite pensar que o que é enviado ou reenviado nem sempre acede à destinação, como no caso da carta postal (Derrida, 1980). Logo, o poema é ao mesmo tempo destinado, subtraindo-se à hipótese de uma chegada. Sua presença não é nunca plena, nem a si mesma, nem a um outro ao qual é destinado. Aonde chega o poema, em quem ele aterrissa? O poema não pensa nem seu outro nem sua destinação, pois se ele o fizesse, se ele autorrefletisse o apelo ou o endereçamento, isso resultaria em visar um sentido e não em o fazer nascer e emergir da abertura. Pode-se testemunhar o que é destinado ao outro sem que, por isso, o gesto do envio seja confundido com uma destinação que decidiria por um lugar, por uma demora e por uma *thesis*? É para aí que Derrida conduz a diferença de interpretação entre hermenêutica e desconstrução e também sua maneira de ter deixado Gadamer falar nele - "Gadamer ele mesmo, ele mesmo em mim fora de mim, para lhe falar" (2003, p. 26) - nos conduz a uma análise muito sofisticada do último verso de um poema de Celan que se encontra na coleção *Atemwende*: "*Die Welt ist fort, ich muss dich tragen*". A questão da noite retorna, espectralmente, não mais sob a forma da noite dos tempos, mas como o momento em que a irrepresentação da escritura poética, sua indecidível identificação do significado, encontra a leitura noturna, inquieta, "estremecida e tremente" (id., ibid.) que Derrida faz da poesia de Celan: "como Gadamer - ele diz - eu frequentemente tentei, à noite, ler Paul Celan e pensar com ele" (id., ibid.). O que ele chama de pensar com Celan? Derrida o diz de outra forma: "o que se chama pesar?" (id., p. 27). Trata-se de relançar a questão heideggeriana, *Was heisst Denken?*, a fim de suscitar uma forma de colisão entre as modalidades do pensar e do pesar, "entre o pensamento e a gravidade" (id., p. 29). Derrida abre aqui uma passagem a um outro tema heideggeriano, aquele da *ek-stase*, que ele chama também de outro nome, para enfatizar a distinção entre o que no poema faz começo e o que faz acontecimento. Derrida liga a leitura do poema e o porvir indiscernível de seu espaçamento a "uma interrupção pensativa", a uma suspensão, uma cesura no tempo da experiência poética que precisamente deixa ao indecidível a possibilidade de permanecer indecidida, ao ponto de intersecção onde o poeta faz conviver a intraduzível bênção do poema com o *porvir* de sua interpretação. Logo, o sentido do poema jamais pode ser o fato de uma só decisão. A decisão vai ao encontro do indecidível como intervalo, descarte no cerne do que o poema pode ressoar, estender-se, ser entendido. Apelo e endereçamento sendo em si um espaçamento de sentido. O poema de Celan está no cerne do aperto de mão e da mão de bênção. Um outro destino, um *Wege* por onde alguma coisa pode vir ou pode ir, algo como um endereçamento, uma cesura, "uma porta aberta ao outro" (Derrida, 1986, p. 14). O poema de Celan é o coração, é o dom àquele que vem e que, ao vir, rompe o impossível destino, insufla-lhe uma escanção, uma interrupção tanto pensativa quanto inarticulada, próxima de um inaudível, de uma música que faz ouvir o *incipit* do som, o *Singbarer Rest*, um canto que começa por dizer o que resta, pois é o que resta que faz data. É a verdade do poema assim como sua loucura, sua hospitalidade sem reserva, "a bênção das datas, dos nomes e das cinzas" (id., p. 68):

Etwas, das gehn kann, grusslos
wie Herzgewordenes,
kommt[10] (id., p. 15).

O poema *se* soa ele mesmo como uma resposta a seu próprio chamado, mas a escritura se delineia também como o espaçamento de todas as pontes singulares dispostas ao longo do envio; intento e interpretação de uma promessa que trabalha a língua e a presença, não mais a si, mas ao "piscar de olhos", ao "sinal dado ao próximo" (Levinas, 2004, p. 15). O poema não saberia ter sua própria língua, como os nômades. Questão que se abre sobre o ilimitado do poema. Primeiramente, o coração do poema advém como o rastro dos rastros – rastro do que se furta a uma interpretação chegando a um fim, um endereçamento, reiterando nele mesmo o gesto do *dictare*, sem recuo possível depois de um suposto começo ou ancoragem originária. Nas mãos de Derrida, o poema de Celan se faz dança, coreografia espacial da *différance*. O poema não é a poesia, ele salta de um lugar de interpretação a outro, um lugar definido a partir de uma leitura presumida, dentro da noite, por exemplo. Logo, o problema que institui a interpretação do poema não reside naquilo que ele significa ou o que ele pensa ou pesa, mas na sua prática, tanto da escritura quanto da leitura. E esse problema é literalmente indecidível, pelo que se mantém inteiramente em sua problematicidade insolúvel. Um outro conluio se delineia, pondo em presença a gravidade do poema com sua vocação nômade para ir-se embora, para portar o mundo, para se constituir em resto do que não é mais: "*Die Welt ist fort, ich muss dich tragen*". Ética e profecia. A salvação do "eu" pelo "tu". O poema

---
[10] "Algo, que pode andar, sem salvações, / não mais que um tornar-se-coração, / vem".

quer dizer, é ademais o lugar de sua incisão sem a qual nenhum aperto de mão apertaria a mão de um outro, nenhuma boca se abriria, nenhum ouvido seria tocado. O ao pé do ouvido do poema é a mão. Isso poderia muito bem significar que o poema quer antes de tudo *se dizer*, e para prolongar aqui a partilha da reflexão com Jean-Luc Nancy sobre a maneira em que o sentido infinito é idêntico a uma infinidade de singularidades de sentido, direi que o desejo inteiro de *se dizer* do poema é um desejo de *te dizer*, "e assim imediatamente *te dizer* 'tu', a ti que em meu querer é, logo, já aquele que me diz 'tu' para me exortar a dizer e a te dizer 'eu'" (Nancy, 2001, p. 173). Eu retornarei a isso.

Bênção

Entre duas finitudes, a promessa e o sacrifício: isso pode novamente *se dizer*, entre poesia e poema, o ser-para-si é lançado ao que se poderia chamar de fenda do infinito. A fala e a escrita que guiam o poema pelo mundo pertencem ambas a um passado imemorial, passado e passagem comparáveis ao distanciamento com que Jacques Derrida relata, "pelo qual o mundo se retira até a possibilidade de sua aniquilação" (Derrida, 2003, p. 74).

É desse distanciamento imemorial, essa fresta à qual o ser-para-si é lançado, lançado à fresta e às veredas, que o signo se faz sentido, tal a mão que abençoa, tal uma bênção. O sentido se abre. Um sentido sobressentido, que não é a hipérbole da desconstrução, nem seu esgotamento, nem seu retorno, mas essa fenda de que fala Derrida, ou a fenda de Jean-Luc Nancy. Fresta, fenda por onde passa o sentido infinito do sentido, dito de outro modo, um intervalo, o próprio ritmo do pensamento graças ao qual se apagariam "todos os traços da língua" (Derrida, 1980, p. 12); a ponta seca das palavras tornadas irreconhecíveis ao nosso próprio horizonte de sentido.

O sentido do sentido, ou ainda, *O diálogo interrompido* retomado no testemunho de Jacques Derrida: "saberei eu testemunhar, de maneira justa e fiel, pela minha admiração por Hans-Georg Gadamer" (2003, p. 9).

Essa figura do envio como abertura de sentido em direção a um diferido, figura oca e deslocada pelo encontro de dois infinitos que representa o gesto hermenêutico e o gesto desconstrutivo, é de uma só vez grave, pesada e pensada. É uma figura que incisa e obriga o poeta a pensar numa língua desconhecida em que lhe falam as palavras que estão caladas, as datas mudas às quais ele empresta sua voz, o alastramento de um *Nichts* eterno. Essa negatividade do pavor sem alívio da fala e da escrita, Derrida a nomeia melancolia. Melancolia histórica que o nome próprio da cidade de Heidelberg, o lugar de Gadamer, vem de uma só vez exaltar e densificar. Cada vez singular e caloroso, o encontro entre os dois homens, os encontros, aqui, em Heidelberg, ali, na França ou na Itália. Cada vez única a inquietude de um luto por vir, de um diálogo interrompido e ao mesmo tempo devotado à cessação da morte. A palavra trocada o é porque ela se reflete já nesse luto, na fresta deixada entreaberta pelo poema, o lugar de uma melancolia infinita, o lugar de uma experiência paradoxal, experiência de uma morte impossível. Melancolia atestada pelo aperto de mão e por uma tormenta chamada Paul Celan, cuja morte impensável foi aquela que ele, o poeta, causou-se, em Paris, ao se jogar nas águas do Sena. No caminho do poema, o poeta encontrou a morte: "Cada dia termina em golpear - escreveu Henri Michaux. Ele se foi. Escolher, ele ainda podia escolher. O fim não seria tão longo. Pela corrente d'água, o cadáver esguio" (Levinas, 2004, p. 10).

Não se saberia melhor dizer, melhor acolher a vertigem do infinito, o ser lançado ao pavor do dom de sua própria morte. É daí, de um *aí* que se porta como um rumor inominável e, por consequência intransmissível, é desse intervalo absoluto que se trata a fala de Derrida; Derrida testemunhando *aí* onde Celan escrevia que ninguém testemunha pelo testemunho - "*Niemand / zeugt für den / Zeugen*"[11]. Eu entendo assim: *Béliers* é um momento dessa dor última, dessa solidão do sobrevivente. Pensamentos febris diante de Celan, a fala sobre o poema é ela mesma e seu outro, ele é, logo, sempre para-além de sua própria plasticidade. Derrida sobrevivendo a Gadamer, Derrida sobrevivendo a Celan. Nós a conhecemos, Derrida nos ensinou: "a sobrevivência leva consigo o rastro de uma inapagável incisão. A interrupção se multiplica, uma interrupção afeta a outra, uma interrupção abismada [*en abyme*], mais *unheimlich* que nunca" (id., p. 20).

Trata-se da morte e do que ela interrompe assim como o poema. São, o poema e a morte, rechaços de um diálogo que se pensava possível. Diálogo, essa palavra que Derrida especifica em *Béliers* que permanecia estranha a seu próprio léxico, "como uma língua estrangeira cujo uso exigiria traduções inquietas e cuidadosas" (id., p. 13). Com a exceção de deixar falar o outro em si - Gadamer falando em Derrida; Celan falando em Gadamer e em Derrida - o diálogo nos consagra à efetividade de uma sincronia que transforma o conluio em desejo de partilha, "passagem e partilha de um querer-dizer" (Nancy, 2001, p. 173). Nada de mais estranho à amizade que esse comércio com um idioma cuja forma não é a descontinuidade de uma série de singulares. A amizade entre o que Derrida chama "pensar e pesar", entre "o pensamento e o porte" está no coração dessa descontinuidade, o próprio do fraseado celaniano; *coração* circuncidado, rachado - "quanto a mim, minha alma está rachada", depositário da morte poética da alma romântica (Baudelaire); coração esburacado a quem faltam as palavras para dizê-lo, e cujo quiasma com a alma não pode ser indexado a nada senão a um canto de louvor ao "tu" de "Ninguém": "*Gelobt seist du, Niemand*" (Derrida,

---

[11] *ASCHENGLORIE* (GLOIRE DES CENDRES).

1986, p. 73). Não somente esse canto de elogio está no coração do mundo, mas ele o toca.

Compreende-se que o propósito de Derrida consiste em refutar todo dispositivo performativo, em entender na vida solitária do poema a repetição de uma presença em que se prova ser impossível de detectar a pureza original. O poema fala, mas não fala em sentido próprio. Abre-se por uma relação de semantização com o outro que não ele, com um fora que ele não poderá jamais completamente reduzir a si mesmo. É porque o *querer-dizer* do poema se define tanto como solilóquio quanto como endereçamento que inventa, no instante de seu dizer, a forma de sua inspiração por outrem. O poema de Celan nomeia essa inspiração ao outro e pelo outro. Ele nomeia o desapego de si ao instante em que faz sua entrada numa comunidade que o puxa e o desobriga de seu solilóquio.

O poema deixa seu rastro. Delineia a trama de uma responsabilidade ética na qual a regra e a prescrição hermenêutica se excedem sem mesmo o querer. Por uma espécie de tarefa bastante levinasiana que o leva à assunção ética do endereçamento e da resposta, o poema de Celan supera os limites instituídos pela regra. Trata-se bem mais de sua relação com a exterioridade do que de uma subjetividade intrínseca ao poema ele mesmo. O poema não deriva unicamente em sua língua materna a inspiração ética que o puxa e desobriga de si mesmo. O segredo que mantém seu *Unheimlichkeit* não está no que Gadamer chama de "o *subjectum*" da experiência da arte. Nenhuma autoridade soberana do poema em Celan. Nenhum *Gedicht*, nenhuma instância dada ao dito de um ditado. O poema se sustém inteiramente na experiência inapreensível, perturbante de uma tarefa de endereçamento ético da resposta.

Celan o diz de outro modo.

> O nome de um profeta deixa seu rastro, como endereço, mandatário, e pós-tumo pós-face[12] (Celan apud Derrida, 1986, p. 71).

O ato exemplar do poema consiste em fazer rastro, em deixar atrás de si, atrás de sua autonomia, a impossível possibilidade de uma resposta responsável ao chamado de outrem. Aí onde para Celan, "a pessoa, pela apreensão do eu – como estranho a ela – se desprende" (1994, p. 26), o poema pode enfim ritmar as existências. Ele pode proferir o inominável. O poema de Celan não pode ser tomado pela proximidade a sua origem, ou ainda pela consciência. Bem o oposto, é ele, o poema, que surpreende uma e outra ao instaurar uma interrupção no acontecimento do sentido. Tal é a dinâmica própria da autêntica alteridade de que ele é testemunha, depositário, nome e *profeta*. Derrida fala de uma fronteira *externa* (2003, p. 36), de uma suspensão decisiva, quase messiânica, que abre o porvir da interpretação ao "indecidível indecidido" (id., ibid.) do aperto

---

12 *"Propheten Name spurt, als // An – und Bei – und Afrerschrift"*.

de mão. O horizonte dessa fronteira não é mais aquele de uma transfiguração, mas aquele de uma proximidade impaciente com o mundo. Ele fala e se deixa impor a falar, logo: "ao poema ele mesmo, e não ao poeta nem ao leitor, que se vê então reconhecido o direito de deixar na indecisão" (id., ibid.).

Precisemos, no entanto, ainda um ponto quanto à questão da retirada. O poema não se recolhe em sua interioridade, em sua situação de poema. Ele se recolhe a sua estrutura subjetiva de iteratividade e de repetibilidade. A partir do coração dessa interioridade, "a partir do coração de sua solidão", diz Derrida, ele reinventa uma forma de errância, um chamado (*Anspruch*) a uma cesura pensativa, suspensiva: extrema doação ao que Celan chama em O *meridiano* de "o tempo do outro". Esse passo fora do dito, essa expulsão afora da mundaneidade do signo, é precisamente o que confere ao poema sua singular significância, seu segredo livrado de sua ganga de universalidade ôntica e teleoestética. Ler um poema de Celan para Derrida, não é, logo, encerrar-se na busca de seu sentido. Nem mais o é se referir exclusivamente a um código único de decifração. O poema fala, e primeiramente de si mesmo. Seu enredo originário é inesgotável, e antes de se interrogar sobre o que ele diz, é preciso dispor o ouvido a sua linguagem, escutar a maneira em que fala - abençoar seu segredo. Derrida insiste nesse motivo da bênção - e mais que a própria bênção - de sua fenomenalidade que a torna imanente e irredutível ao poema e ao gesto de repetibilidade que consiste em lê-lo, relê-lo, e assim ao infinito. A bênção do poema não é possível senão pela mão que abençoa. De maneira de todo sutil, Derrida se demora sobre a figura do duplo genético que, segundo ele, "diz bem o dom de um poema que a uma só vez abençoa o outro e se deixa abençoar pelo outro" (2003, p. 33). A bênção harmonizada ao outro não exclui o abandono a uma reflexão entre poesia e pensamento chamado ao desdobramento do ser da fala. O poema habita a fala, mas ele é, sem retorno possível a um dizer poético, uma mão que fala, "essa mão aqui, a mão desse poema?" (id., ibid.), uma mão que diga a escavação intraduzível, o rastro de seu corte irreversível com sua origem e seu fim. O poema *escava* mais do que ele diz. Ele escava os tropos de sofrimento, de esperança, a angústia de um mundo sem mundaneidade? Escava "um seixo branco, e sobre esse seixo um 'nome novo'" (Celan, *Apocalypse*)? Um nome do qual ninguém jamais ouviu o rumor, "menos ainda aquele que o recebe" (Celan).

Os "CAMINHOS NOS SULCOS DE SOMBRA de tua mão" (WEGE IM SCHATTEN-GEBRÄCH deiner Hand) - a partir dos quais Celan extrai uma escavação que deixa subentender que a expressividade do poema se mantém às bordas de um rumor, um som que excede tudo o que o princípio hermenêutico refuta, menos o peso levado pelo tom final do poema como lugar de sua unidade de sentido[13] - inau-

---

13 "*Aus der Vier-Finger-Furche // wühl ich mceir den // versteinerten Segen*" ("Do sulco de quatro dedos / extorco cavando / a benção petrificada") (Celan, 2004).

guram o mais de uma interrupção em que é margeado o inapropriável face a face questionador entre a mão aberta e a mão fechada.

O poema é a bênção de que e de quem? O que é uma mão que abençoa? Na religião judaica, a bênção é acompanhada de um repousar da mão que aflora acima do rosto, um premir de mão, que tomaria a si o agir daquele que fala ou que reza ou que recita. Cada bênção começa por um dar graças ao "tu" que é abençoado pela mão do homem: *Baroukh ata Adonai* – Abençoado és tu, Deus. A tarefa da mão que abençoa é arrastar os "tu" afora da obliteração e do nada do tempo para expô-los ao "tu" de Deus, ao nada eterno, ao nada da eternidade. Lembremo-nos do exergo que Celan tomou emprestado de Marina Tsvetáieva para o poema "*Und mit dem Bucha us Tarussa*" em *Die Niemandsrose*: "Todos os poetas são judeus". Mão sobre uma estrela amarela, que Celan diz ser "*mein Judenfleck*" ("minha mancha judaica"). Essa mão, mão de bênção, hiperboliza a impossibilidade de uma identidade a si. Ela hiperboliza a mancha: uma mão sobrevivente à maldição, para sempre exilada de sua origem e de seu fim, para sempre responsável e responsiva, uma mão que diz a promessa e o sacrifício: "*Die Welt ist fort, ich muss dich tragen*" ("O mundo não existe mais, devo te carregar"). Essa mão deriva de um descarte irredutível entre a proximidade da mensagem e o enigma do signo, entre a exigência de fidelidade ao movimento hermenêutico e a interrupção que leva essa hermenêutica para além dela mesma. Como uma confissão ao que a poesia se impõe, Derrida escreve:

> Nós não *podemos* fazer aqui o que nós *deveríamos* fazer, a saber, escutar esse poema na câmara de ecos de toda a obra de Celan, através do que ele herda ao reinventá-lo, por cada um de seus temas, tropos, vocábulos mesmo, e talvez forjados ou acasalados na única ocorrência de um poema (2003, p. 20).

Não podemos, e ao mesmo tempo, nós devemos. Nós deveríamos nos entregar à impossível fala originária do poema. O leitor, chamado a se *dispor* diante da poesia de Celan, é levado a questionar o gesto do dito no ditado do poema ao se esforçar em traçar a *différance* em obra na desconstrução desse dito. Tal *différance* nos faz pensar uma fala como escrita sem presença nem ausência, uma fala que, do lugar ao não lugar, será também o rastro, o último talvez, de uma origem e de um fim suposto do poema. Derrida não resolve, ele não decide sobre o sentido do porte e do premir. Sua impressionante interpretação do *Die Welt ist fort* deixa em suspenso as duas hipóteses. O "Mundo" como motivo ou como idioma, pode de fato designar a comunidade dos entes como pode designar os "outros", "todos os outros" diz Derrida: "se *tragen* fala a linguagem do nascimento, deve-se se dirigir a um vivo presente ou por vir, pode também se dirigir ao morto, ao sobrevivente ou a seu espectro, numa experiência que consiste em carregar o outro em si, como se porta o luto – e a melancolia" (id., p.72). A insistência de Derrida sobre a figura do diálogo ininterrompido implica um agir da decisão de ordem quase política, que se pode desenvolver em três pontos: a recusa radical de toda teleologia, a recusa de um cumprimento final da promessa, ou ainda de um advento que encontraria sua plenitude de acontecimento, a recusa de uma postura niilista. Dito de outro modo, não que o poema não chegue jamais a um destino, não que lhe seja interdito de se remontar até sua fonte, mas ele retorna à sua estrutura desapropriadora, profundamente nômade e hospitaleira, de poder não lá chegar, de não poder tocá-la senão por cesuras interruptivas. O poema como rastro desse tocar, como intimidade de uma subjetividade jamais cumprida. A passagem a outrem leva necessariamente a um abandono de uma soberania de identidade. O poema se enveda por caminhos aos quais não volta. Ele excede os signos que contém. Um resto inassimilável inquieta constantemente sua presença, até a vinda da mão abençoante, a suspensão ética pela qual se anuncia a serialidade das interrupções presentes e por vir – a bênção em pessoa. Trata-se mesmo para Derrida de mostrar como a poesia de Celan se liberta do niilismo e protege – de uma língua à outra, de uma tradução à outra, de um aperto de mão a outro – o mundo que ele carrega em sua dinâmica de destinação. O poema se mantém às bordas desse destino errante. Ele é como que destinado a sobreviver na mão de outro que o carrega e, por sua vez, o pesa. Isso que se anuncia a partir do poema, "o 'tu' e o 'eu' que se dirige ao 'ti', mas também a todo outro" (id., p. 55), é a prova e o risco de ser pego pela interrupção pensativa, de reconhecer um *ich muss* (eu devo), uma apóstrofe à solidão do mundo, "de todo o mundo" (*alle Welt*). O poema como que atravessado de uma melancolia cuja modalidade e tonalidade éticas, retomada incessantemente, faz ouvir as dissonâncias, transbordamentos e assimetrias que ela implica. Eu deixo claro que não há em Celan ou em Derrida ou Levinas tentação de fazer derivar o poema a um destino político. Destino não significa se incluir naquele a quem se dirige. Na língua derridiana e levinasiana, esse destino significa a infinição da aproximação e do encontro. Ora, o poema se detém em excesso sobre toda representação, aí inclusos na própria aproximação e no próprio encontro. Ele habita esse excesso. Trata-se aí de um desprendimento do movimento hermenêutico como uma desconstrução de axiologia normativa ou performativa. De onde a melancolia da experiência poética que fala a língua desse desprendimento:

Mit Namen, getränkt
von jedem Exil

Com nomes, embebidos
de cada exílio (Celan).

Errância, exílio e sacrifício são necessários para acolher, em uma fala que difere, a vinda do acontecimento. A referência ao Carneiro de Abraão, "a revolta infinda do carneiro de todos os holocaustos" (id., p. 65), abre o poema para uma temporalidade testemunhal. Que mundo pode ainda nos sustentar, nos suportar? O mundo de ninguém, da mãe que carrega o filho, do animal, dos mortos, dos sobreviventes, dos ausentes, dos órfãos, dos enlutados? O poema pode, logo, ele deve. A travessia das interrupções não cessará de questionar essa singularidade do *Tragen*, a "saudação ou envio ao outro" (id., p. 71). Elogio intransitivo do texto levinasiano. O todo outro ao qual se porta o poema pode se fazer ouvir sua voz, assinalar sua presença, não somente pelo rosto, mas também pela mão, sem, por isso, apresentar-se. Pode assinalar sua significância em se fazendo rastro e não mais signo. Portar o poema que carrega o mundo é se pôr ao alcance do poema e do outro e do mundo, a um só tempo; é portar o presente do vivente como a memória do fim do mundo, o outro à sua morte acolhido por mim no poema. O poema, logo, não pode se suster no acontecimento ocasional da manifestação de um conteúdo cuja afirmação será *carregada* por sua vez pelo gesto hermenêutico. Enquanto fala falante e endereçada, o poema está ligado à necessidade de se desdizer e de antecipar o dizer. Logo, deve interromper e renunciar ao fluxo pensante do dizer e do desdizer às bordas de uma nova interrupção:

> Então é preciso a melancolia (id., p. 74).

Referências bibliográficas

BAUDELAIRE, Charles (1957). *Les fleurs du mal*. Paris: Pleiade/Gallimard.
CELAN, Paul (2002). "Die Hellen (Les pierres)". *Niemandsrose (La rose de personne)*. Tradução Martine Broda. Paris: Corti.
_____ (1994). *Le méridien*. Montpellier: Fata Morgana.
_____ (1979). *La rose de personne*. Tradução Martine Broda. Paris: Le nouvau commerce.
DERRIDA, Jacques (2003). *Béliers, le dialogue ininterrompu*: entre deux infinis, le poème. Paris: Galilée.
_____ (1986). *Schibboleth pour Paul Celan*. Paris: Glilée.
_____ (1980). *La carte postale, de Socrate à Freud*. Paris: Aubier-Flammarion.
GADAMER, H. G. (1976 [1960]). *Vérité et méthode*. Rev. Paul Ricoeur. Paris, Seuil.
LACOUE-LABARTHE, Philippe (1986). *La poésie comme expérience*. Paris: Christian Bourgois.
LEVINAS, Emmanuel (2004). *Paul Celan, l'être à l'autre*. Montpellier: Fata Morgana.
NANCY, Jean-Luc (2001). *La pensée dérobée*. Paris: Galilée.

O instante literário e a significação corporal do tempo – Levinas leitor de Proust

Sabemos o quanto a relação com o outro é originariamente primeira. Essa intersubjetividade não é em nada sinônimo de comunicação, mas "suprema passividade da exposição a Outrem", diz Levinas em *Autrement qu'être* (1974; 1978)[1]. Esse movimento de exposição que pode chegar à substituição, à fissura do sujeito, ao seu aniquilamento, que "como uma pele se expõe àquilo que a fere, como uma face oferecida àquele que bate" (id., p. 83) é vivido como traumatismo, como "dizer ao outro" incomensurável relativo a um enunciado que se contenta em dizer algo. O "dizer ao outro", constitutivo da subjetividade, atesta uma reviravolta da estrutura de significação do dito.

Ao apresentar o motivo da "exposição" como aquilo que sempre excede a ordem lógica daquilo que se mostra, Emmanuel Levinas terá examinado a maneira como o sujeito desvela sua sensibilidade definida como vulnerabilidade e como essa exposição que nos leva à transcendência de outrem transforma profundamente os pressupostos fenomenológicos. A exposição de um sujeito não é somente exposição do sujeito intimado ao outro e pelo outro. Trata-se igualmente de uma exposição que ultrapassa a própria ideia de intencionalidade e de teleologia. Essa suspensão da fenomenologia, que pode ser ainda interpretada como um gesto requerido pela fenomenologia, é o que funda, em Levinas, a passagem da necessidade ao desejo e do desejo à exposição de outrem, que é particularmente eloquente na obra de Proust, lida por Levinas nos anos de cativeiro.

Há uma onipresença da literatura na obra filosófica de Emmanuel Levinas, mas essa onipresença não se deixa circunscrever a idiomas narrativos únicos ou a referências pontuais. É este um dos traços característicos da modernidade do século XX, o suscitar de uma proximidade de escritura e de pensamento entre filosofia e literatura; quanto a isso, Proust representa a si mesmo aquilo que Roland Barthes denominava, em 1974, como "um sistema completo de leitura do mundo. (...) Não há, em nossa vida cotidiana, qualquer incidente, encontro, traço, situação que não tenha sua referência em Proust"(Barthes, 2002, p. 569).

Se Emmanuel Levinas não rompeu com essa tradição, muito antiga no que concerne à França, é preciso imediatamente acrescentar que ele foi atento, como poucos filósofos o foram, à literatura e à poesia, e que a grande originalidade de Levinas, ou mesmo, eu diria, a radicalidade de seu gesto, foi sustentar como hipótese ou, ao menos, deixar entrever, em seu ensaio de 1948 em *Les*

---

[1] As referências bibliográficas citadas neste capítulo remetem às respectivas edições no original e as citações aparecem aqui traduzidas livremente do francês para o português. (N.T.)

Temps Modernes, "La realité et son ombre" (1994a, p. 123-148), que a literatura não é entendida como "arte", que a palavra narrativa não se contenta em falar ou em se imergir na paixão do verbalismo e do contentamento psicológico, mas que é uma palavra que se faz ela mesma no movimento da narração, no ato de escritura. Nesse sentido, ela é já, em si, um apelo a outrem – o que Levinas entende como a modalidade mais essencial do "desconfiar de si próprio" que é, como sabemos, o adequado à filosofia e à crítica. A literatura moderna, sincronizada com as preocupações e prioridades filosóficas, manifestaria a certas considerações, mais que a filosofia, ou tanto quanto, aquilo que Levinas chama de "uma consciência mais e mais certa dessa insuficiência basilar da idolatria artística" (id.). O processo expresso de maneira bastante incisiva por Levinas não é aquele da literatura, mas da arte, na medida em que ele não é linguagem. Consequentemente, não está à altura da questão da verdade e do bem que a filosofia, desde Platão, tenta articular. A tentação estética rigorosamente condenada por Levinas no contexto do imediato pós-guerra e já em *De l'existence à l'existant* (1981 [1947]), começado em cativeiro, pelo motivo de que ela constitui o evento mesmo da obscuridade do ser e que ela o conduz ao seu assombramento não é comparável à tentação literária expressa por Levinas em *Carnets de captivité* – tentação que se deve, creio, levar muito a sério e examinar muito atentamente. Levinas, leitor de Proust, certamente, mas de tantos outros escritores durante esse período em que interrogava tragicamente por essa fórmula inscrita em seus cadernos, "que dirá a história?" (2009, p. 79), detecta na literatura a possibilidade de reintroduzir, no cerne do rigor conceitual, uma inteligibilidade do mundo em que a noção de "experiência" ocupa um lugar central. Com a narração, tornada forma de relação a outrem, Levinas aborda o estatuto do sujeito, da subjetividade que deve provar a alteração, até mesmo da fissura e da devastação. Definitivamente, as narrativas e os escritores que retêm sua atenção estão todos marcados por aquilo que podemos chamar de a extradição do sujeito, que será definitivamente o verdadeiro motivo das narrativas em torno de que se enlaça uma dramaturgia, uma intriga de acordo com a experiência de Levinas, ou ainda, como ele escreve no sexto *Caderno*: "o medo de ser 'simplório' – não seria tal regra prática que me parece absoluta, não é ela pura e simplesmente da 'literatura' – Essa esfera da literatura se alargou infinitamente. Há virtude nela?" (id., p. 161).

Levinas então vivenciou o cativeiro, a condição de refém, como ele mesmo o disse – referindo-se a diversas retomadas da palavra "refém", ele a conhece "desde a perseguição nazista" (id., p. 31) – na "passividade total do abandono, no desprendimento em relação a todos os laços" (id., p. 213), e ao mesmo tempo como um momento em que se revelam "as verdadeiras experiências" (id., p. 203). A narração de Levinas é de uma força inaudita:

> Sofrimentos, desesperos, lutos – certamente. Mas, sob tudo isso, um ritmo novo de vida. Nós pisamos em outro planeta, respirando uma atmosfera de uma mistura incomum e manipulando uma matéria que não mais pesa (id.).

A força singular do termo "refém", que imediatamente entra em ressonância com "cativeiro", relaciona-se, sem dúvidas, com a maneira como Levinas o desloca pelo registro conceitual, detectando, então, aí, a eminência de um Dizer que se narra carregado de uma força ética irrecusável. Esforço que tende ao que Levinas chama em *Autrement qu'être* de "tematização, pensamento, história e escritura" (1974; 1978, p. 20), que vem necessariamente para ser ferido não somente pelo rastro da significância, do "fazer signo" e da proximidade, mas pela experiência vivida e por sua temporalização no processo de escritura e no exercício do pensamento. Levinas então viveu o cativeiro, ele foi, como se diz, prisioneiro de guerra, dividido entre 1942 em Frontstalag, Rennes, Laval e Vesoul, e, desde 1942 até o fim do cativeiro em 1945, foi prisioneiro em Stalag XI B de Fallingbostel, na Alemanha, separado de outros prisioneiros franceses e sob a obrigação de trabalhar em um *kommando* especial reservado aos judeus que partiam à floresta todos os dias desde as quatro horas da manhã. Foi nessas condições inumanas que ele confiou, cada dia, ao retornar da floresta onde ele exercia o trabalho de lenhador sob os uivos e insultos de soldados alemães, notas, aforismos e pensamentos a uma série de pequenos cadernos que hoje em dia percorremos tentando reconstituir, tempos depois, a gênese de sua obra, a partir da acumulação desses fragmentos em que se intercalam reflexões filosóficas, referências à tradição bíblica e talmúdica, excertos de textos romanescos que Levinas copiava rigorosamente e rascunhos de três romances dos quais dois permaneceram inacabados, *Eros* e *La dame de chez Wepler*. Porque a condição de refém tinha isto de paradoxal: autorizava os prisioneiros que tivessem sido submetidos aos piores maus tratos durante o dia a irem a bibliotecas no fim da tarde. Leitura, escritura e cópia representaram para Levinas espaços de sobrevivência frente à "terrível realidade que se tece" (2009, p. 72). Mais tarde, em uma entrevista, Levinas voltou a essa experiência que ele comparou em *Carnets de captivité* a uma "vida monástica ou moral", evocando as leituras que eles jamais teriam feito sem o cativeiro.

> Fazendo de você um refém, punir-se-ia você por algum outro. Para mim, esse termo não tem outra significação, salvo se ele recebe no contexto uma significação que pode ser gloriosa. Essa miséria do refém tem uma certa glória, na medida em que quem é refém sabe que corre o risco de ser morto por um outro. Entretanto, nessa condição de refém, que eu chamo "a incondição de refém", não há aí, para além do destino dramático, uma dignidade suprema? (id., ibid.).

Condição e incondição

É possível expor e tematizar a figura do refém quando nós mesmos o fomos? É possível passar a experiência vivida da condição de refém à experiência filosófica da *incondição* de refém, sem fazer recair essa questão, tomada no traumatismo do tempo histórico, na ordem daquilo que Levinas procura superar? O que é a passagem do Dito do cativeiro ao Dizer do refém, um pode traduzir o outro sem o trair? Isso seria por um *desdizer-se* jamais alcançado, sempre recomeçado, em que Levinas chegou a interpretar a significação do Dito do refém da experiência vivida, submetendo-a à irreductibilidade do Dizer da incondição de refém – o lugar onde se elabora um pensamento filosófico que será abertura àquilo que Levinas chama, em *Carnets de captivité*, "a significação corporal do tempo" (id., p. 186). Essa significação corporal do tempo, Levinas a elabora a partir de suas leituras incessantes de Proust, feitas enquanto foi prisioneiro de guerra. Em Proust, a realidade humana não se deduz da única dialética da totalidade histórica e da ruptura escatológica. Ela está sempre em tensão constitutiva com a pura significância de outrem, excluindo assim o desvelamento objetivo e se subtraindo a uma ordem político-histórica: "toda a história de Albertine prisioneira – é a história da relação com outrem", toma nota Levinas em *Carnets de captivité* (id., p. 72). Assim, em Proust, a aproximação amorosa e erótica não é responsável pela justiça do rosto e da palavra. Ela transita pelo silêncio duvidoso e significativo que, em Levinas, tornar-se-á em *Totalité et infini* a intencionalidade da carícia como momento "sensível que transcende o sensível" e que, ao transcendê-lo, permite acessar a dualidade que é própria do mistério incomensurável de outrem. Esse mistério é, para Levinas, em *Carnets de captivité*, "a base mesma do amor" (id., p. 114). O motivo da sexualidade, muito presente em *Carnets*, é a partir deles abordado como constitutivo da egoidade. Em 1942, entre uma reflexão sobre Joseph de Maîstre e Alfred de Vigny, e uma alusão à festa de *Simha Torah* (4 de outubro de 1942), Levinas copia essa breve passagem de *Albertine disparue*:

> Eu não parei de me amar porque meus laços cotidianos comigo mesmo não haviam sido rompidos como haviam sido aqueles de Albertine. Mas e se esses com meu corpo, comigo mesmo, também o fossem? Certamente seria o mesmo. Nosso amor à vida não é nada além de uma velha ligação da qual não sabemos nos libertar. Sua força reside em sua permanência. Mas a morte que a rompe vai nos curar do desejo da imortalidade (id., p. 77).

Poderíamos listar temas muito precisos que, em *Em busca do tempo perdido*, fundam a subjetividade proustiana e, de maneira sistemática, poderíamos colocá-los em relação com os idiomas levinasianos: amor, erotismo, sexualidade, sociabilidade, significância e significação, exposição, estrutura ética da subjetividade do um-pelo-outro, a morte refretária à experiência, o momento em que o heterogêneo se impõe como Outro na medida em que é Todo e Qualquer Outro [*Tout Autre*], a impossibilidade de uma retomada de todo e qualquer Outro no mesmo, o feminino assimilado à figura de Outrem "antes que Outrem, i. e., seja uma outra pessoa" (id., p. 76). Esses temas podem ser pensados como atestações narrativo-filosóficas em que se encontra o rastro de uma arqueologia genética nos *Carnets*, e que Levinas, em *Autrement qu'être*, articulará em torno de uma única questão: o que há com a subjetividade quando ela está exposta à alteridade do outro?

Essa dualidade de um sujeito simultaneamente exposto à alteridade do outro e de um sujeito que repousa substancialmente sobre si, isso que Levinas chama de "o outro no mesmo", exposto a um "apesar-de-si", caracteriza o que chamamos aqui de "o instante literário" para Levinas, em que as leituras de Proust representam um momento que consideramos como fundador. Os sujeitos proustianos são todos determinados por uma identidade subjetiva que não coincide jamais consigo. Assim, poderíamos inscrever o movimento especulativo do pensamento de Levinas no movimento narrativo da escritura de Proust e aí deduzir, a partir das três ocorrências, *Amor, Alteridade, Subjetividade*, no sentido fenomenológico do termo, o que significa "mostrar o que é uma pessoa frente a uma outra" (id., p. 145). Proust é, portanto, um dos eixos para os quais se volta a ruptura de Levinas com o substancialismo em prol da emergência efetiva da intersubjetividade do amor. Essa ruptura só é possível se é operado um movimento de substituição, se se passa do ato como manifestação primeira da substância à "volúpia que não é nem ato nem pensamento" (id., p. 144). O esforço de Levinas consistirá em articular a questão da volúpia com as da sociabilidade e da alteridade radical. Ele escreve:

> Quando eu digo que Proust é um poeta do social e que toda a sua obra consiste em mostrar aquilo que é uma pessoa frente à outra, não quero evocar simplesmente o antigo tema da solidão fatal de cada ser (cf. *Solitudes d'Estaunié*) - e a situação é diferente: a um ser, tudo do outro é velado - mas não resulta disso uma separação - é precisamente o fato de se velar que é o fermento da vida social. Essa minha solidão que interessa a outrem e todo seu comportamento é uma agitação em torno de minha solidão. Marcel e Albertine - é isso. A obra tão vasta de Proust conduz a esses dois temas de Albertine prisioneira e possuída que não é distinta de Albertine desaparecida e morta. Seu tormento que engendra seu laço com ela, é que existem tantas coisas dela - de coisas simples, atitudes, gestos, postura - que ele nunca conhecerá. E isso que ele conhece dela é dominado pelo que ele sempre ignora - já que todas as evidências objetivas dela são menos fortes que as dúvidas que sempre permanecerão nele - e que são sua relação com Albertine (id., p. 145).

Gênese e genética de um pensamento novo

Se a publicação do primeiro volume dos inéditos de Emmanuel Levinas permite traçar e reconstituir de maneira quase genética as premissas de um pensamento que interroga o estatuto da escritura, isso se dá, em grande parte, graças à descoberta, em *Carnets de captivité*, da abundância explícita de referências literárias e, sobretudo, pela descoberta daquilo que poucos exegetas e especialistas da obra de Levinas conheciam: a ambição, a vocação claramente expressa por Levinas de conceber sua obra como uma constelação que articularia a filosofia com a literatura e a crítica.

Levinas escreve desde o primeiro caderno, começado em oito de setembro de 1937:

> Minha obra a fazer:
> Filosófica: 1) O ser e o nada
> 2) O tempo
> 3) Rosenzweig
> 4) Rosenberg
> Literária: 1) Triste opulência
> 2) A irrealidade e o amor
> Crítica: Proust (id., p. 74).

É, portanto, em Proust que desejo deter-me, insistindo na ideia de que, se Levinas expressou a vontade de engendrar um trabalho crítico a respeito da literatura – exatamente como seu amigo Maurice Blanchot, quem o fez descobrir, nos anos 1920, quando eram estudantes em Estrasburgo, não somente a obra de Proust, mas também a de Léon Bloy, de quem medimos, com espanto admirativo na leitura de *Carnets*, a importância capital para Levinas e as páginas admiráveis que esse consagra ao autor de *Lettres à sa fiancée* (1889-1890). Dois escritores que Levinas copia cuidadosamente ao longo dos cinco anos de cativeiro em fragmentos de narrativas que são como a possibilidade mimética de responder em sua própria língua, arrancando-a ao "há" [*il y a*] impessoal e inumano da condição de refém, de maneira a fazer surgir a materialidade da linguagem tornada coisa, a coisa *experiência* que Levinas nomeia no sétimo e último caderno "a significação corporal do tempo" (id., p. 186).

Muitos escritores aparecem ao longo dos cadernos, numerosos demais para serem citados na economia geral deste texto, mas Léon Bloy, sobre quem não me demorarei, e Marcel Proust requerem, cada um deles, um gesto de escritura que é um pulsante movimento de transcendência na imanência. É, de algum modo, esse movimento de transcendência, essa liberação da imanência do ser heideggeriano que Levinas vê se efetivar na literatura de Bloy e de Proust. Levinas não hesita em dizer acerca de Leon Bloy essa frase sobre a qual nos faria meditar longamente, tanto ela põe em suspenso a intencionalidade husserliana na qual Levinas se detém: "ele sabe coisas que não estão na fenomenologia" (id., p. 162). Admirável percepção do tempo narrativo em busca de um verdadeiro para-além do ser, que tira sua inspiração de uma meditação sobre a negatividade da morte, descartando momentaneamente a espiritualidade do idealismo alemão, que vê nela, na morte e em sua nulidade, a condição da vida do Espírito. Logo, é na ponta extrema do excesso e da excedência que Levinas, em cativeiro, lê e copia Bloy e Proust, e não está excluído, mesmo se Levinas se defende, que ele viveu esse instante literário como uma experiência de "consumação", tal qual ele fala em *De l'existence à l'existant* (id., p. 93-94); como a possibilidade de vislumbrar, do interior mesmo de sua reflexão, a exterioridade absoluta, o fora que ele alcançará no último capítulo de *Autrement qu'être*. Como em Proust, a emoção e a significação trazida pela escritura são sempre acionadas por um movimento de reflexividade sobre sua própria emoção, "e mais ainda", especifica Levinas falando de Proust, "pela reflexão sobre a emoção de outrem. Melhor ainda: essa reflexão é essa emoção mesma" (id., p. 71).

Novamente o tropo do excesso contido na ideia de uma reflexão como paradigma da emoção induz, em Levinas, a uma leitura de Proust da qual já conhecemos um aspecto no ensaio que ele lhe dedica em *Noms propres* (1976), "O Outro em Proust". De fato, Levinas sempre teceu seu discurso sobre Proust e a partir dele, ancorando-o em uma interpretação ambivalente que se divide em dois movimentos contrários[2] no cerne da transcendência, suscitando assim uma diacronia irreconciliável na temporalidade da narrativa. Tomo aqui de Jean Wahl os semantemas, forjados por ele, a partir da palavra transcendência, para tentar descrever uma dupla transcendência que ele detecta na relação kierkegaardiana da subjetividade ao absoluto. O primeiro movimento, a "transdescendência", corresponderia, como seu nome indica, ao retorno, a uma recaída no aquém do ser, no "há" obsessivo e sem saída, como o é o enraizamento no solo primordial ou o enraizamento carnal que pressuporia sempre a imprevisibilidade da interpelação de uma palavra vinda a romper e interromper esse enraizamento. São esses os momentos em que, de acordo com Levinas, Proust se livra das descrições concretas, até mesmo exóticas, nas quais desaparece ou se dilui a estrutura ética da subjetividade do face a face amoroso. É esse o momento em que, na obra de Proust, "a magia começa, como um Sabá fantástico, quando a ética termina" (1976, p. 119). Em *Carnets de captivité*, são esses os momentos em que Levinas sublinha o caráter paradoxal e inatingível, o enigma da atração irreprimível que opera Albertine em toda a sua potência de aniquilamento que será anulação do rosto – o aniquilamento abrindo sobre um nada [*néant*] que ele

---

2 As duas expressões próprias a esses dois movimentos contrários, "transdescendência" (*transdescendance*) e "transascendência" (*transascendance*) são de Jean Wahl; cf., Immanence et transcendance, "*La transcendance intériorisée*".

mesmo abre sobre nada [*rien*], se esse não está sobre o incomensurável de uma subordinação a um outro que não reconhece mais a travessia da alteridade, ou, para dizer como Hegel, que não reconhece mais um pensamento da morte que deve provar do nada "olhando-o em face"[3] - reflexão hegeliana com a qual Levinas tinha rompido. Tão distante que ela se abandona ou se espalha, qualquer que seja a alteridade objetiva e amada à qual ela se refira, Albertine permanece sempre idêntica a ela mesma. Ela é, poder-se-ia dizer, a identidade por excelência:

> Que é Albertine (e suas mentiras) - comenta Levinas - senão a própria evanescência de outrem, sua realidade feita de seu nada, sua presença feita de sua ausência, a luta com o inapreensível? E além disso - a calma diante de Albertine que dorme, diante de Albertine vegetal. O "caráter", o "sólido" = coisa (Levinas, 2009, p. 72).

Três fragmentos depois, Levinas prossegue com sua reflexão, alternando comentários e cópias de excertos de *Albertine disparue*:

> Porque a questão não se coloca mais entre um certo prazer - advindo do uso, e talvez pela mediocridade do objeto, quase nulo - e de outros prazeres, aqueles tentadores, encantadores, mas entre esses prazeres e qualquer coisa de muito mais forte do que eles, a compaixão pela dor (id., p. 73).

O segundo movimento, a "transascendência", designa o movimento metafísico em direção ao Outro, o movimento de afeto por outrem que passa pelo corpo, por sua significação temporal e pela impossibilidade de satisfazer o desejo metafísico de outrem - daí a ideia de que a sensibilidade é definida como vulnerabilidade. Essa distinção entre transdescendência e transascendência não é verdadeiramente tematizada por Levinas. Antes, ela irriga a relação de Levinas com a literatura, e essa relação não é identificável com um enunciado filosófico, mas antes de tudo a sua enunciação. É o Dizer narrativo que age profundamente sobre o Dito filosófico. Não se trata de um discurso de verdade, mas de uma palavra sobre a absoluta ambiguidade contingente à oposição entre alteridade e saber; e, é claro, na morte que Outrem é o mais fixo, o mais atarraxado, que sua alteridade é ao máximo inatingível, o menos redutível ao domínio de um saber. Levinas escreve:

> 1) A própria doença é esse pensamento da morte (assim como o envelhecimento e o tédio); 2) Proust tem a noção desse pensamento pela doença ou pelo envelhecimento que são um acesso positivo (e apropriado) a uma noção e sem a qual podemos ter somente um conceito negativo (id., ibid.).

---

3 No Prefácio de *La Phénoménologie de l'esprit* (1990).

O nada [*néant*] de Albertine não é, portanto, um nada [*rien*]. É ele que, como destacou Levinas em seu ensaio sobre Proust, "descobre sua alteridade total". A morte não é mais somente sua própria morte, "é a morte de outrem contrariamente à filosofia contemporânea ancorada à morte solitária de si" (1976, p. 153-154).

Esse passo essencial dado por Levinas, esse (não-)passo para-além (Blanchot), terá sido em parte, não exclusivamente, graças à literatura e em particular à obra de Proust, que tem isso de notável – nunca decide entre a "transdescendência" e a "transascendência". Nela, os dois movimentos, tomados de uma só vez, reúnem-se em uma recusa compartilhada a ceder ao ser heideggeriano. Deixar a ambivalência a uma total tensão ética é o que fez Levinas dizer que a obra de Proust é ao mesmo tempo "mais e menos que o ser" (id.). É esse, creio, o papel essencial e decisivo das leituras proustianas de Levinas no cativeiro, o lugar onde é constituída uma reflexão paradoxal, ainda que husserliana, sobre a questão da experiência, que Levinas colherá mais tarde nessa frase extraordinária que relaciono imediatamente à questão da significação do tempo: "as grandes experiências de nossa vida jamais foram, propriamente dizendo, vividas" (1994b, p. 211).

A SIGNIFICAÇÃO CORPORAL DO TEMPO

Reencontramos aqui a análise husserliana da consciência íntima do tempo, mas esta é articulada à modalidade da significação corporal do tempo, à experiência vivida, à incessante passagem do Dito ao Dizer e ao Desdizer; consciência íntima do tempo não mais vinda para apoiar totalmente o conceito de uma consciência transcendental egoica e intencional. As grandes experiências de nossa vida, que jamais foram, propriamente dizendo, vividas, situam-se no ponto de intersecção em que a consciência íntima do tempo está tomada na elipse da significação temporal, empurrando-a em direção a limites extremos, ao ponto de ruptura com os objetos intencionais que não pertencem mais à consciência como os momentos constitutivos, mas que são primordialmente reconhecidos em sua plena transcendência e idealidade. A experiência é, então, de natureza perceptiva, pré-predicativa, inteiramente transformada pela temporalidade fluente do vivido e dos atos intencionais. O fenômeno de retenção daquilo que foi vivido se escorrendo e se escoando na protensão do que trata o ser, do que precisamente não foi ainda vivido, do que está a ponto de ser e ao mesmo tempo não acontece, permanece sempre suspenso à vinda ou sobrevinda de um acontecimento, a um "despertar" que não tem nada a ver com um fenômeno de rememoração ou com uma síntese de reconhecimento.

O gesto decisivo operado por Levinas consiste em não pensar mais em dois tempos – um ativo, a retenção; o outro passivo, a protensão –, mas em apreender o sujeito como "passividade em sua própria origem" (1974; 1978), que não se tornará ativo a não ser de forma secundária e lateral. As grandes experiências de nossa vida que não vivemos – e toda a obra de Proust é uma admirável exemplificação disso, isto é, uma verdadeira fenomenalidade narrativa – o são, porque a passividade do sujeito não é mais pensada como o Mesmo já constituído que, em seguida, reencontra o Outro. A passividade do sujeito é pensada originariamente como Outro-no-Mesmo – o Outro que em Hegel, ainda, abriu o Mesmo ao Outro. No caso de Proust, de acordo com a leitura que Levinas fez no cativeiro, o interesse não tem a ver com uma percepção que reduziria as fontes impressionais da consciência a uma análise psicológica de personagens e da ação. O interesse se relacionava, como precisamente esclarece Levinas, "ao tema: o social" (2009, p. 70).

A maneira como Levinas faz intervir o motivo da sociabilidade é verdadeiramente excepcional, pois isso não entra em contradição com a ideia de um sujeito-refém que desfaz a relação da retenção à protensão, que desfaz o momento preciso em que as intencionalidades, como objetivo e acontecimento, coincidem. É preciso introduzir aqui um outro motivo, o da passividade, de uma passividade mais passiva que toda passividade, segundo a expressão de Levinas incessantemente rearticulada (1974). O sujeito-refém se expõe ao outro sem objetivo esperado, sem destinação já presente na consciência íntima do tempo. Sua passividade é sem assunção, como "uma pele se expõe àquilo que a fere" (Levinas, 1974, p. 83). Frente à intimação, por outrem, a passividade não se elimina atrás de um tempo por detrás do tempo. A passividade deve ser compreendida como um retorno ao tempo ele mesmo, um tempo social, portanto, que não é contável frente a seus limites, sem, contudo, surgir de um lugar-nenhum ou de um tempo nulo. A passividade não é mais negatividade. Ela é tão infinita quanto a responsabilidade, a proximidade e, consequentemente, tão impossível de se captar. Isso porque a passividade é responsável por um atraso que ela não saberia suprir. Sincronia alguma é possível, simetria alguma, porque ela é ao mesmo tempo o *retentivo* e o *protentivo* disso que jamais poderá coincidir. A passividade do sujeito-refém é passiva apesar dela. Ela vive de sua "paciência integral" (Levinas, 1974; 1978, p. 86), e nela vivendo ela atinge o outro sem jamais se mostrar. A passividade, portanto, renunciou a ser o contemporâneo daquilo que ela deseja atingir e tocar. Daí a ideia muito presente em Levinas, nos *Carnets de captivité*, de que o desejo erótico, aquilo que ele chama de "sexualidade humana", é da ordem de uma irritação (2009, p. 182). Eros está na base dessa irritação, como ele é a base de uma sociabilidade para Levinas. Trata-se de uma questão central, de uma dimensão do pensamento de Levinas que os *Carnets de captivité* nos revelam de maneira decisiva. Por um lado, Levinas definia sua filosofia, desde o período do cativeiro, como uma filosofia do face a face, do *panim el panim*, que, em hebraico não se diz no singular, mas no plural - rostos a rostos. De outro, esse face a face, que é o próprio da relação erótica, excede o motivo geral da existência. Em Levinas, o motivo da existência significa penalizar, subjugação, preguiça de ser e não passividade. Essa presença do mim por um si escravizado constitui para Levinas uma esperança. Se Eros está na origem do social, isso se dá porque o social já está no ser. Esse é o próprio fundamento da dualidade do eu-para-si e do mistério de outrem que se abre para uma intimidade que não é sinônimo de fusão. É desde o motivo da concupiscência carnal que Levinas descreve o processo dessa dualidade. Essa dualidade, não compreendida não entendida como fenômeno de fusão, abre-se então sobre uma intimidade que é "a soma dos indivíduos" (id., p. 66), em outras palavras, o social. O elo dual temporaliza aqui a relação do eu-para-si a outrem, na alforria dele mesmo. A dualidade já é em si uma figura do tempo, de um tempo dramático, porque sempre confrontado com o mistério de outrem que ele nunca chegará a atingir. Precisamente, contudo, esse desprendimento temporal entre a dualidade do eu-para-si próprio à sexualidade como constitutiva da egoidade e o mistério de outrem é a condição que permite ultrapassar o antagonismo entre egoísmo e altruísmo. Há aí uma "ruptura com a concepção antiga de amor" (id., p. 114), a possibilidade, então, de uma verdadeira exterioridade. Essa abertura é de duas ordens, simultaneamente, sexual e social. O desejo erótico temporaliza a relação a outrem que impede o ser de se afundar e se beneficiar de seu aniquilamento. Essa esperança por um presente liberto Levinas chama de "carícia": "ela não é loquaz, ela não diz que vai melhorar - mas ela compensa no próprio presente. Com a carícia - nós temos o terno e o carnal. Significação corporal do tempo" (id., p. 186).

O sofrer puro não é então uma categoria. Ele não é a consequência de uma simples sensação. É no sofrer e na punição, nessa passividade absoluta, mais passiva que a passividade, que reside o estremecimento de uma eleição, no sentido em que éros endereça-se a outrem, no sentido de "o amor de uma pessoa que te deflora (acaricia)" (id., p. 180). Esse trazer em direção a - que é o exato contrário de uma visão arbitrária do mundo, o exato contrário do entorpecimento do ser a ser, o exato contrário de um ser que é dois - abre-se sobre um horizonte de socialidade e de filiação, pois se opera em uma relação de assimetria a passagem de um ser que é dois a "dois seres no instante". Levinas especifica: "aqui se pode soltar". E ele adiciona: "mas não soltamos" (id., p. 178).

O drama da temporalização do tempo do sujeito! Este último busca interromper essa síntese de entendimento voluntário, ativo e triunfante, opondo a ela uma síntese passiva que será síntese da temporalidade mesma da passividade; única possibilidade - única esperança! - de interromper a surda e tenaz perseverança do ser em seu ser de superar a obstinação ontológica do ser -em-si e por-si. O que se dá, então, com a relação de transcendência? Não será a esperança do pelo-outro no ser que se coloca?

Se a experiência vivida não pode ser pensada senão a partir da relação do pelo-outro, desde a questão que coloca tanto a mortalidade de Outrem quanto o desejo metafísico e erótico de Outrem, então, a relação de transcendência é sempre reduzida a uma continuidade social que Levinas põe em cena como uma relação de atraso, de distância irreconciliável entre aquele que vem, aquele que vai e aquele que já está lá. Ter um encontro com outrem, isso é estar em atraso em relação a ele, o que quer que venha.

As páginas de Proust comentadas por Levinas mostram bem que a passiva e desmesurada relação amorosa que se ata em torno de Albertine já está sempre encoberta na sociedade à qual pertence o sujeito. É por isso que a exposição última e radical, esse gesto tão extravagante de Levinas, é necessário para pensar - "sobre a loucura" - isso que cerca o humano e condiciona imperativamente sua relação com o tempo, de que ele não pode se aproximar senão em seu despojamento.

A convocação da interioridade própria à narração proustiana não é, então, para Levinas, uma questão de escapar à experiência vivida da exposição à morte. Ela permite cruzar as exigências e a vocação ética da narração para além da factualidade da história que sempre busca se enunciar ou se denunciar ao se tematizar. Mas a significação última o escapa, pois a exposição do sujeito-refém ao outro é dissimétrica, como o é a irreversibilidade do tempo ele mesmo, em que os rastros indeléveis na estrutura da significação que se narra não pertencem a uma lógica formal, mas faz parte de um movimento infinito de *des-dizer* e *re-dizer* que é uma das características do des-interessar do amor.

Referências bibliográficas

BARTHES, Roland (2002). "Entretien de Roland Barthes avec Claude Jannoud (Le Figaro, 27 jul 1974)". *Oeuvres complètes*. v. 3. Paris: Seuil.
HEGEL, G. (1990). *La phénoménologie de l'esprit*. Tradução Jean Hyppolyte. Paris: Aubier-Montaigne.
LEVINAS, Emmanuel (2009). *Carnets de captivité et autres inédits*. Ed. Rodolphe Calin e Catherine Chalier. v. 1. Paris: Grasset/Imec.
_____ (1994a). *La realité et son ombre*. Texte repris dans Les imprévus de l'histoire. Montpellier: Fata Morgana.
_____ (1994b). *En découvrant l'existence avec Husserl et Heidegger*. Paris: Vrin.
_____ (1981 [1947]). *De l'esistence à l'existant*. Paris: Vrin.
_____ (1976). *Noms propres*. Montpellier: Fata Morgana.

_____ (1974). *Autrement qu'être*. (Le livre de poche). La Haye: Nijhoff.
_____ (1974; 1978). *Autrement qu'être*. (Le livre de poche). La Haye: Nijhoff.

Entre eles – Blanchot e Levinas...
(onde quer que eles estejam, entregar-se ao infinito)

> E, no entanto, ao filósofo, a procura de Blanchot fornece uma "categoria" e uma nova "forma de conhecimento" da filosofia da arte propriamente dita que, seja qual for, gostaríamos de explicitar.
> Levinas

> No livro de Emmanuel Levinas (...) há como que um novo começo da filosofia e um salto que ela e nós mesmos seríamos exortados a cumprir.
> Blanchot

> Algo profundo nos levava um em direção ao outro.
> Blanchot

"Foi sempre nos lugares mais elevados que senti tê-lo encontrado", escreve Emmanuel Levinas a respeito de Maurice Blanchot. No exato momento em que escrevo essa frase, sei que me será impossível falar da amizade entre Maurice Blanchot e Emmanuel Levinas; que serei confrontada com a temível tarefa que consiste não em se esquivar diante desse impossível, mas em orientar a 'tarefa' de tal modo que ela não possa, em momento algum, ceder à tentação de contar aquilo que nós – e eu mais que todos os outros – não podemos testemunhar, ainda que tenhamos testemunhado essa amizade. Eu só posso, portanto, dar testemunho no presente e no mesmo instante em que tomo a palavra para evocar a amizade entre Maurice Blanchot e Emmanuel Levinas – amizade que permanecerá invariavelmente e para sempre no segredo da concórdia entre eles.

Desta irredutível amizade, que resiste à tematização, Emmanuel Levinas constantemente dizia que ela era de uma ordem diferente da frequentação. Sem preensão ou compreensão, portanto, de uma amizade que não se situa em outro lugar senão na *philia* grega, senão na troca do mesmo com o mesmo. Seria mais adequado falar de um movimento de reconhecimento do que de uma exceção sem concupiscência; uma forma de acolher o amigo sem que jamais ele se torne acessível, tanto sua "Alteza, escreve Blanchot, mais que eu, torna-o sempre mais próximo do bem" (1969). Porque a amizade sem concupiscência suscita esse inacessível, esse distanciamento paradoxal, e até aporético, ao mesmo tempo eletivo, exclusivo e, no entanto, responsável por uma comunidade. Desse modo, reconhecer o amigo é acolher sua alteza; alteza que atesta a ausência, uma economia da partilha, uma cotidianidade abolida, a não frequentação necessária à escritura, o único lugar, o único laço que para Blanchot "fica fora da arbitragem entre alto e baixo" (id.). Com efeito, que o amigo nos seja superior, que essa superioridade seja o signo de uma promessa do amanhã, é isso que o torna único, indissociável; é isso que permite a uma afastada comunidade fazer do silêncio uma fenomenologia do *oikeios*, uma fidelidade para além de qualquer fidelidade, inflexível, em muitos aspectos hiperbólica, que considera o dessemelhante, a assimetria e a singularidade. Poderíamos, inclusive, falar da alteza do amigo como de uma hospitalidade infinita, incondicional, diria Derrida. E, no caso da amizade entre Maurice Blanchot e Emmanuel Levinas, poderíamos mover a hipérbole chegando a dizer que a amizade era infinita porque se não tivesse tocado no inaudito desse infinito, não teria existido. Poderíamos, ainda, mover a hipérbole chegando a dizer que esse laço tanto inconstrutível quanto indesconstrutível, ofertado ao acolhimento como abertura a uma ética da amizade, não poderia experienciar seu *padecimento*, seu *(não-)passo além* [*pas au-delà*] a não ser na retirada, e mesmo na interrupção, na espera, em uma comunidade da distância, em uma separação radical induzida pela relação com o amigo, em uma atenção a sua fala, a suas palavras rarefeitas expressas nas cartas, a seus apelos inquietos. Recordaremos aqui as palavras de Blanchot em *Entretien infini*, que fala de Levinas para Levinas: "que sua fala seja fala de alteza, de eminência, essas metáforas apaziguam colocando-o em perspectiva, uma diferença tão radical que ela se furta a qualquer outra determinação se não a si própria. Outrem, se está mais alto, está também mais abaixo que eu" (id.).

Para Levinas, essa reversibilidade do alto e do baixo, que não existe sem a recordação da questão da inversão dos valores em Nietzsche, caracteriza a desmesura, o transbordamento de qualquer amizade autêntica, que sempre se dá no acolhimento do amigo, que sempre excede a formalização, o fenômeno, a tematização. A palavra "amigo" traduziria uma série de metonímias que expressam tanto a fala endereçada, a hospitalidade, o rosto, a irredutibilidade do apelo, quanto o apagamento como incondição do acolhimento, o sim a esse amar, que pode chegar até o respeito à retirada absoluta, até a espera extenuada da resposta. Reversibilidade que não instaura no antro da amizade uma conjunção, uma coexistência, uma sincronia, sejam elas aquelas da amizade ideal - expressão que sempre fazia Levinas sorrir. A amizade na reversibilidade do alto e do baixo não poderia designar ou significar um movimento que alcança seu propósito, ou que chegasse a termo. Significa, antes de tudo, que somos chamados pelo amigo, por sua solidão. Frágil apelo, uma vez que somos reenviados ao amigo pelo que esse apelo significa. Esse motivo do apelo, em Levinas, central em *Arrêt de mort*, de Blanchot, faz simultaneamente eco no "Eis-me aqui" (Levinas) e no "Vem" (Blanchot). Assim como se arrisca a *chamar* o amante, arrisca-se a *chamar* o amigo. Apelo porque o amigo sofre, porque sempre levamos no mais profundo de nós, nunca realizado, seu desfalecimento, seu fardo desastroso, seu incógnito, sua fissura que me fissura. A inelutável responsabilidade anterior a qualquer prova de amizade. No texto intitulado *Sur Maurice Blanchot*, Levinas, comentando *La folie du jour*, insiste quanto ao caráter desmistificador do motivo da alteza em Blanchot. O ser para a morte é também ser para a terra, como ser para o céu:

> Além do mais, essa lei da elevação humana não fixa senão uma extremidade do muro no nível do espaço que separa a janela do teto, voltando o olhar até o paroxismo para saudá-lo no medo e no tremor o Dia ou o Céu. Desmistificação da alteza, depois da desmistificação das profundezas (Levinas, 1975, p. 72).

Levinas jamais se esquivou disso. Blanchot – Maurice, como dizia Levinas – sempre se manifestava nos momentos dolorosos, "nos momentos de recaída", dizia Levinas. Blanchot era então a única lonjura por onde se abria um fora, do qual apenas Levinas podia medir o sem saída. Dessa extraordinária fala vinda de longe – fala do amigo cujo apagamento como passagem do limite é o lugar de uma exortação no qual se entrelaça a intriga de uma inesgotável presença, cuja abordagem sempre distante se dá na escritura –, dessa extraordinária experiência do um para o outro, do *entre nós*, do *entre eles*, desse acolhimento do amigo como rastro em mim de um si aquém da coincidência consigo, de uma incondição do sujeito atrás da soberania da consciência e do espaço social, Blanchot escreverá:

> Está aí minha saudação a Emmanuel Levinas, o único amigo – ah, amigo longínquo – que eu trato por tu e que assim também me trata; isso aconteceu não porque éramos jovens, mas por uma decisão deliberada, um pacto com o qual espero jamais faltar (2000, p. 34).

Eles eram realmente jovens quando se encontraram. E nas proximidades desse encontro, uma data, 1926; um lugar – a Universidade de Estrasburgo –, duas línguas, a leitura da Bíblia, a extrema atenção quanto a vários exegetas dos textos judaicos, em particular, os comentários de André Neher, o deslumbramento crítico diante do livro decisivo de Martin Buber, *Ich und Du*, a paixão da literatura, a descoberta da fenomenologia de Husserl depois de Heidegger. Em uma carta datada de 11 fevereiro de 1980, endereçada à redação da revista *Exercices de la patience*, Blanchot escrevia: "gostaria de dizer, sem exagero, que o encontro com Emmanuel Levinas, quando eu era estudante na Universidade de Estrasburgo, foi aquele encontro feliz que ilumina uma vida naquilo em que ela tem de mais sombrio" (1980a, p. 67).

Sete anos mais tarde, em 1987, Emmanuel Levinas, solicitado, por sua vez, a evocar a lembrança de tal encontro, dirá: "Não posso descrevê-lo. De imediato tive a impressão de uma grande inteligência, de um pensamento que se dá assim como uma aristocracia, muito afastada de mim naquele momento, ele era monarquista, mas muito rapidamente tivemos acesso um ao outro" (Poirier, 1987, p. 71).

Ter acesso um ao outro: assim é dito de uma só vez o tormento e a alegria daquele que é comprometido com uma amizade em muitos aspectos exclusiva, mas ao contrário de todo encerramento em si, porque a presença do terceiro é considerada aí como à parte, em um tipo de comunidade de base. O acesso de um ao outro, o receber recíproco, se todavia pudermos nos autorizar a estender a expressão de Levinas, os separavam radicalmente de todas as preguiças complacentes. Transitividade do acolhimento de uma amizade que se abre à significação para um outro, o amigo, de onde Levinas entendia a epifania do rosto, um acontecimento sem compromisso nem abdicação, na qual se empreende uma "passividade mais passiva que qualquer passividade" (Levinas, 1972, p. 73). Há em Levinas, assim como em Blanchot, uma plural fala de amizade, um irrevocável movimento filosófico e literário do qual surge a "fala de escritura" - para retomar a expressão de Blanchot se referindo a *Totalité et infini*, confrontando-nos com um fora inapropriável; fala implicada, e para Blanchot e para Levinas, ao encontro com outrem - encontro como lugar de experiência paradoxal, porquanto a alteridade não se livra a não ser para nos escapar, a não ser para jamais verdadeiramente acontecer. O encontro com o outro, independente de seu sexo, promove esse fora, uma abertura como hecceidade irredutível à identidade. Ele promove o que em Levinas irá se tornar o Rastro e o enigma do outro, o desejo metafísico de *outro diferentemente do ser* [*autrement qu'être*], uma eleidade que desmantela a soberania do sujeito e de sua arquia, esboçando assim o motivo da intriga "an-árquica" no coração da subjetividade do encontro vivido como abandono de si da ipseidade, até à substituição: "Eu responsável, eu não termino de me esvaziar de mim mesmo", escreve Levinas em "Dieu et la philosophie".

Em Levinas, a alteridade inaugura uma relação que qualificarei de prescrição categórica. Em Blanchot, a alteridade augura uma relação de infinita rememoração diante de qualquer recepção pela sensibilidade. Uma arquialteridade, vulnerável para um, desastrosa para o outro - motivo do ninguém mais e do qualquer outro, do sentido que se abre e se dá a entender àquele que não vem e que ninguém espera. Para Blanchot, o outro como procura da origem, como emancipação dela, para Levinas. Leituras cruzadas e não paralelas, trata-se mesmo de uma amizade no texto, de dois intraduzíveis cujo essencial não escapa a Levinas quando declara: "mas, acima de tudo, há Heidegger. (...) Sentimos a proximidade do filósofo alemão de mil maneiras e até na maneira pela qual Blanchot escolhe os textos de Rilke e de Hölderlin, que ele comenta; em todo caso, na maneira - sempre magistral - pela qual ele usa procedimentos de análise característicos da fenomenologia - mas talvez desde Hegel - e onde a fisionomia irredutível de noções reflete a originalidade do itinerário que conduz a ela. O ente e o ser são distintos e ainda que Blanchot pense um Mallarmé que vive mistério e missão a cumprir na breve palavra "é...", o acento com o qual a palavra ser se profere é heideggeriano" (Levinas, 1975, p. 11-12).

É, portanto, a essa amizade no texto que eu direciono minha reflexão, para essa maneira inteiramente levinasiana e blanchotiana, mas segundo modalidades distintas, de fazer estremecer essa presença neutra do outro aquém de qualquer afirmação de si; identidade do eu para além da relação com o outro, manifestada no sentido de uma linguagem, uma palavra plural que só apareceria no desaparecimento do sujeito. Mais que um estremecimento, uma fissura no próprio coração da interiorização da lei da história requerida pela consciência ocidental. Levinas e Blanchot partilham a ideia de que um sentido pode se dizer e se desdizer para além do discurso pronto. Que esse sentido ocorra filosófica ou ficcionalmente, ou ainda na trama das duas, no limiar de uma ou de outra, de uma com a outra, *entre elas*, em um contíguo resvalar indiferenciável, é mesmo a prova do *frisson* de sentido que remonta à extrema ponta da fala. Para melhor sublinhar a desmesura, o exercício do pensamento em Levinas e em Blanchot se faria acontecimento de pensamento, ao inventar o idioma que permitesse à diferença – como diferença do outro – fazer acontecimento no e para o pensamento. Encontro e pensamento, encontro e escritura, encontro e discurso, a relação é sempre equívoca. Esses termos são ao mesmo tempo inseparáveis e se excluem um ao outro. Daí a ideia em Blanchot de que a escritura começaria por um "apelo à voz", um outro desejo que o desejo *outro diferentemente do ser* [*autrement qu'être*] (Levinas), entre semelhante e dessemelhante, "desejo de se confiar a essa fala do fora falando de todas as partes" (1969, p. 483). Em Levinas, o encontro com o outro força o si a se desprender, "a se desapossar até se perder" "em uma recorrência em que a expulsão de si fora de si é sua substituição pelo outro" (1974). O encontro é, portanto, uma experiência vivida segundo as modalidades de sua manifestação, enquanto a escritura em Blanchot desdobra uma temporalidade vazia de acontecimentos. Reencontramos a idêntica estrutura de recorrência, mas esta é espera de nada, espera da espera como puro acontecimento, um tempo em que "nada começa" (Blanchot, [1955] 1982, p. 22) porque nada foi presente em tempo algum, tudo sempre é já passado. É por isso que a repetição pode se produzir e que nós podemos dar à prova a experiência desse tempo vazio, de um tempo de errância, de conflito, de inquietude, de insônia, diria Levinas. O acontecimento do encontro é essencialmente descumprido – "o que não acontece, por causa disso, repete-se" (Blanchot, [1953] 1983, p. 66).

O encontro com outrem é experiência de fala e de escrita, no fora, no neutro, mesmo que em certos aspectos essa experiência talvez esteja mais próxima para Blanchot do motivo da comunidade, tal como a pensa Bataille, que da relação ética levinasiana. Para Blanchot, a comunidade se define como possibilidade de estar junto e como momento irruptivo de contestação de uma sociedade burguesa e liberal. Ela tem, então, por tarefa contestar a ordem estabelecida e, a partir disso mesmo, manter uma exigência política durável e subterrânea no seio daquilo que Blanchot chama de a comunidade dos amantes, a comunidade dos morrentes e a comunidade literária. Subitamente, o ímpeto do encontro esboçado na escritura é o próprio encontro, ou seja, a comunidade, o espaço que ela desdobra – o neutro.

Comentando *La folie du jour*, em um capítulo intitulado "Exercices sur 'La folie du jour'", Levinas designa esse relato como a "fábula do encerramento do ser que de si se enlaça no humano" (1975, p. 57). Ele insiste sobre essa dimensão do texto que resulta em comédia dentro de um asilo de alienados, onde os doentes se divertem em cavalgar o narrador que anda sobre quatro patas. Para o Levinas atento ao tempo que passa, mas no qual "nada se passa nem vem" (id., p. 54), essa cena se torna o próprio paradigma de um "eu" que "sufoca em sua essência de cavalo" (id., p. 72). Fórmula surpreendente, que diz até onde o encontro com outrem permanece o único ponto de contato dessincronizado de onde se abre um fora aporético porque sem completude e sem saída. Nada a fazer, o neutro de Blanchot é sitiado por outrem e responde, em um contraponto quase exato a Levinas, à ideia de encontro como psicose de outrem. O neutro sofre em outrem e o suporta. Daí, no texto consagrado a Maurice Blanchot, a recordação de Levinas das palavras sublimes de Celan: "o mundo não existe mais, é preciso que eu te porte" (id., ibid.).

Como responder por esse mundo ausente do qual o escritor porta e suporta a falta? Certamente, o encontro com outrem nada nos ensina, inclusive quando esse último estabelece uma relação de intimidade com a fala e a escrita. Ele é mesmo, o encontro, o próprio paradigma de uma aporia fenomênica, tanto ele é exposto a uma impossibilidade sem resolução quanto como nenhum possível pode se constituir duravelmente. Alteridade que é atestada no mandamento "tu não matarás", segundo Levinas; alteridade cujo revolver à margem da extenuação só pode se apoderar do desastre como movimento de espera e de adiamento da espera, para Blanchot. O amigo é aquele que suporta o desastre. O tratamento por tu entre Levinas e Blanchot seria como a pedra angular, a chave [*clé de voûte*] que abre o desastre para a infinita responsabilidade daquele que responde: "Eis-me aqui".

Na carta publicada em *Arche*, em maio de 1988, Blanchot evoca, através do desastre da guerra, esta inelutável resistência desta comunidade de amigos cujo testemunho carrega ao mesmo tempo a ameaça, a eleição e a proximidade atormentadora – o remetimento ao amigo:

> Foi preciso a tristeza de uma guerra desastrosa para que nossa amizade, que podia ter se perdido, estreitasse-se, a prova disso é que, prisioneiro primeiramente na França, ele me confiava, por um pedido de algum

modo secreto, o cuidado de velar por entes queridos que os perigos de uma política detestável ameaçavam, infortunadamente!

Não remoer os múltiplos ditos da amizade entre Blanchot e Levinas, aqueles que fazem ressoar um Dizer mais incomensurável, pois, escreve Blanchot no *Entretien infini*, "aquele que o diz é sempre o outro" (id., p. 581). A quem mais senão o outro, o amigo, poderia estar ele dedicado? Como o pensamento pode ainda se refletir aí; como poderia pensar esta *coisa*, a amizade, sem já se confessar tomado pela impossibilidade do pensar, tanto a ponto da amizade residir no coração da própria coisa, no coração da amizade?

Todavia, sinto-me tão exigida por ela, por essa coisa *entre eles*, entre Levinas e Blanchot, que não posso atestar o quanto ela desmantela aquilo que ela designa ao torná-la irreparável para quem desejasse se ocupar dela e situá-la sob a autoridade de uma nota biográfica. Amizade como "ausência de atestação" (Blanchot), e é por isso que eu já estou, antes mesmo de aí ter entrado, na impossibilidade de testemunhar ou de me calar, na antecâmara de duas falas, duas escritas, dois idiomas cuja dissimetria encontra sua gravidade – e não mais seu desastre – no afastamento e na proximidade entre dois mundos que mais *se excrevem*[1] que não se escrevem: um inclinado para a investigação da origem, para as figuras de Orfeu e de Eurídice; o outro resolutamente sedento pela evasão de um *socle* que, em nome da origem, celebra o mito pela modernidade. A investigação da origem *se excrevendo* em sua emancipação. Encurvamento de um no outro – atravessado pela amizade.

Emmanuel Levinas e Maurice Blanchot se encontraram – fisicamente se encontraram – pela última vez em junho de 1961, no dia seguinte ao que Levinas defendeu sua tese, *Totalité et infini*: "ele ficou um breve momento. Trocamos poucas palavras – palavras demais, apontadas para o neutro, unindo-se já ao silêncio. Eu me lembro que ele atravessou o salão em diagonal. Por que em diagonal? Uma silhueta inefável. E, depois, partiu e não nos encontramos mais face a face"[2]. *Panim el panim*[3].

Face a face, rosto a rosto, o neutro, do qual Levinas recorda de "que ele não é alguém nem mesmo alguma coisa. Isso não é senão um terceiro excluído que, para falar em termos precisos, nem mesmo existe. No entanto, há nele mais de transcendência que nenhum mundo pré-existente em tempo algum entreabriu" (1975, p. 52).

– E depois? – Perguntei a ele.

---

[1] Palavra utilizada por Jean-Luc Nancy (1990, p. 208).
[2] Proposições recolhidas de uma troca a respeito de *Sur Maurice Blanchot* entre Emmanuel Levinas e Danielle Cohen-Levinas em Paris, em junho de 1992, na residência do filósofo.
[3] Expressão em hebraico para dizer face a face.

– Depois, nós nos encontramos na escritura. – E ele acrescentou – Esse foi nosso acordo[4] – como se ele quisesse dizer (mas não disse): "Esse foi nosso destino". Desvanecimento físico do amigo e salvação da amizade. Um tipo de oferenda sem retorno nem retomada. Não mais se rever, mas responder ao apelo da escritura, ao apelo da obra.

Não posso me impedir aqui de evocar o comentário feito por Jacques Derrida, em *Políticas da amizade*, quanto ao texto de Montaigne, *Sobre a amizade* – Derrida é o nome que retenho em minha boca desde o começo, o nome do terceiro incluído. Comentário no qual Derrida coloca a palavra "acordo" em itálico, essa palavra pela qual Levinas apreende o corte por vir, o silêncio, o indetectável sem resposta do amigo que jamais deixou de estar aí:

> Qual é, com efeito, a conclusão inevitável desse *acordo*, essa palavra tão bonita pela qual frequentemente traduzimos o *oikeiotês*? Se o acordo é uma outra palavra para uma comunidade *indivisível* da alma entre dois que se amam, por que guardaria ela esse gosto de morte, do impossível e da aporia? Quando amigos *concordam*, quando concordam entre si, quando eles de fato vão um ao outro, quando eles se entendem a vir um ao outro, então, a *divisão* afetaria somente os corpos, ele não tocaria a alma daqueles que se amam assim de uma amizade soberana (Derrida, 1994, p. 204).

Acordo: a amizade, assim como a morte, suscita tanto o fato de amar quanto o fato de escrever. Como se precisássemos tentar um outro impossível, o que Henri Michaux chama de o "desprendimento das vozes". Desprender com precaução a imbricação de duas vozes, todavia solitárias, de duas escrituras de entonações porque a fala endereçada a outrem está aí inscrita e *excrita* no vão. Porque o traumatismo, a psicose infligida pelo encontro, a "doença de outrem" (Levinas) ilustra a impossibilidade de uma suprassunção, de uma *Aufhebung*. Porque este traumatismo atesta a inversão da metafísica ao mesmo em tempo que, em certa medida, assegura sua salvação, sua alteração que já não é mais negação, mas provocação, apelo, exposição absoluta, nudez do fora despojada de "suas aquisições e obtenções" (Levinas), como se não estivéssemos todavia no mundo, mas em uma comunidade de escrita e de fala – uma moção de presença que não deixa de se exceder no encontro, um envio infinito de outrem em nossa própria errância reenviando o saber exilado.

Sem procurar responder a esta indesconstrutível comunidade do outro em mim, exceto pelo vocativo como surgimento de uma fala endereçada – "a própria elevação da fala", escreve Jacques Derrida em "Violência e metafísica", pois "é preciso que as categorias falhem para que o outro não falte" (1967a, p. 152) – eu preferiria me deter sobre esta nudez do fora da qual compartilham Levinas e Blanchot, não examinando, mas atravessando *Autrement qu'être ou au-delà de*

---

[4] Proposições recolhidas de uma troca entre Emmanuel Levinas e Danielle Cohen-Levinas.

l'essence (1974) e *L'écriture du désastre* (1980) redigido às margens do grande livro de Levinas. Duas figuras do fora operam uma na outra, intimando cada uma para seu "além", como se o fora atravessasse o sentido lá onde o sentido não chegasse a passar, passando de outro modo, no interior de uma diferença que definitivamente perdeu sua interioridade, deixando assim o encontro ou o ponto de encontro com outrem para o inumano, para o desastre, e por esta perda, abrindo a possibilidade de uma saída do ser e de um acesso à escritura. Duas figuras do fora que são também a manifestação radical, a irrupção suspensiva de uma exterioridade, de uma não presença radical sobre uma fronteira que nada fixa e imobiliza. A irrupção desta exterioridade é ao mesmo tempo intrusão e revelação. O desvio do olhar sobre um invisível rosto ou uma inaudível voz que me olha, me escuta, desde um fundo sem fundo, tal como a curvatura ética que aí se depõe ou que aí se articula, revolvendo o conhecimento das coisas já sabidas, promovendo uma relação de proximidade conflituosa com o impossível, o perdido, o esquecido, o sem qualidade, com a morte. As coisas já sabidas que chegariam a abandonar seus dentros para se entregar a um fora perderiam o que sabem, por que e como elas o sabem. A vinda das coisas em plena exterioridade seria sinônimo da infinita retirada que as coisas traçam ao mesmo tempo em que se apagam. Daí a passagem do aqui para o além. Apenas uma dobra, uma torção, um deslize, um nada. Como se a "relação com o outro homem colocada no começo" (Levinas, 1982, p. 177) - do qual *Autrement qu'être...* e *L'Écriture du désastre* desenvolveriam a intriga - conduzisse à desnucleação do sujeito, à quebra da totalidade, e fizesse emergir contra toda espera um tipo de leveza do si, inversamente à *A insustentável leveza do ser* da qual Milan Kundera fala em seu romance. Um si que, ao mesmo tempo em que é posto como único e indissociável, ao mesmo tempo se deslocando em um espaço liminar, em uma torção sempre atormentada no interior do si, podia demorar inclusive diante da morte, e diante dela mais que de qualquer outra coisa, como sitiado por um fora que o levaria sobre a inquietude de si, a ponto de tragar esta inquietude na inquietude para o outro, a ponto de substituí-la. Nesta inquietude de Blanchot, a escritura se esgota, corpo a corpo com o Neutro do qual Blanchot diz que ser "a doce interdição do morrer, lá onde, de limiar em limiar, olho sem olhar, o silêncio nos leva à proximidade do longínquo" (1973, p. 107). Logo, a corpo perdido, pois mantendo-se diante de uma "fala ainda a dizer para além dos vivos e dos mortos, testemunhando para a ausência de atestação" (id., ibid.). Giro ou torsão do olhar, da fala, da escrita para a injunção do para além. Em *Noms propres*, Levinas retoma o motivo da morte em seu transbordamento, morte sempre na instância, sempre na iminência de um morrer, sempre na urgência de um *pas au-delà* absolutamente indecidível: "se tudo fosse nela (a morte) compreensível, empreendimento razoável, ela retornaria aos limites da vida, que, levando até os confins da morte suas fidelidades, transborda por si mesma sua essência, ultrapassa em seus limites seus limites" (Levinas, 1976, p. 26).

Retorno a *La folie du jour*. Comentando uma passagem extraordinária, Levinas (1975, p. 60) explica que essa narrativa não é contada para se queixar do não-sentido, nem para dispor a inconveniência de uma humanidade demasiado humanista tomada pela finitude do ser. Nessa narrativa, segundo Levinas, o assunto é a felicidade. E qual é então essa felicidade? "A estabilidade - a positividade - do mundo posta antes de qualquer tese, repousada atrás de toda agitação e todo desejo e que suporta - ou engloba ou compreende - toda absurdidade" (id., ibid.).

Não é inútil recordar a passagem de Blanchot retomada no texto de Levinas: "o frescor da noite, a estabilidade do solo, faziam-me respirar e repousar sobre a alegria" mesmo "quando eu sentia minha vida fender-se" (id., p. 61).

Levinas desloca o acento sobre a palavra "estabilidade", como sendo a palavra pela qual Blanchot expressa esse peso decepcionante que domina o próprio tempo. Como se houvesse um tempo acima do tempo que prevalecesse na cronologia dos acontecimentos. "Não se desdobra em horas?" (id., ibid.), questiona-se Levinas. Imagina-se que para Levinas, esse desdobramento do tempo dobrado sobre suas horas é também a metáfora do sujeito "absolutamente alojado" (id., ibid.), sem clareira para uma linguagem que pudesse ela própria salvar o tempo. O tempo estável, em repouso, mantém essa litania da permanência do Mesmo fora do qual o mundo não é nada. O tempo rasura o tempo. O escritor atesta isso. *Leitmotiv* do "nada", "que continuamente reserva um lugar à própria morte" (id., ibid.). Supressão do tempo como acontecimento de uma impossível medida/desmedida temporal. Derrida fala de um tempo de "*demorrência*" [*démourance*][5] (1998, p. 108). No entanto, a negação do tempo é já uma maneira de entrar no tempo, de o reconhecer. A narrativa blanchotiana se encerra em torno de uma consciência que não chega a se liberar daquilo que poderíamos chamar de o ser-pelo-tempo que é ser-no-tempo. Todavia, sempre surgindo de uma situação narrativa concreta, a aparição de um tempo irreal, de um tempo outro, não deve ser excluída. Essa epifania de um outro tempo motiva o advento da escritura. Ao mesmo tempo arrebatado pelo tempo do desastre que nele leva a aptidão a ser negada, a ficção se destaca sem ostentação.

"Quando eu morrer, escreve Blanchot, (talvez no mesmo instante) conhecerei um imenso prazer" (Blanchot apud Levinas, 1975, p. 61). Parêntese brilhante, carregado de um inelutável sentido óbvio - talvez no mesmo instante - que não escapou a Emmanuel Levinas: "o parêntese do autor sugere o retorno inevitável da hora, a infalibilidade da hora exata" (Levinas, 1975, p. 61).

---

5 Há, em francês, um jogo entre *démeurer* (habitar), *mourir* (morrer) e *démeurance* (permanência), impossível de traduzir em português. (N.T.)

Motivo do inalienável ao qual Levinas opõe a figura do fora que arrasta para a realidade pedaços de outramente – à maneira da paixão pela origem, do retorno mítico ou natal, Levinas opõe uma urgência de evasão, a sobrevinda do acontecimento que dilui o sentido, modos de aparecer imperceptíveis para quem quisesse deduzir disso uma lógica de fundação. Continuando seu comentário em *La folie du jour*, ele escreve:

> É somente no fora que há falha que se mostra a mim. (...) a morte tem sua hora – ela não a quebrou nem o inverso. O narrador devia ser fuzilado na loucura do mundo (no qual, aliás, logo retoma seu equilíbrio), ele foi colocado "contra o muro", mas as balas de fuzis que deviam executá-lo não saíram. Nada cessou (id., p. 61-62).

O vazio se preenche, então, de si mesmo. Poder-se-ia dizer que ele se infla de sua lacuna. Pode ser até que tire disso um certo orgulho, uma celebração do esgotamento sem o qual não haveria literatura pensante e pensativa. Por força do "repisar sobre o mesmo ponto", de ontologia da presença exacerbada até o extremo, em suma, a loucura especular do Idêntico, a asfixia sem consumação se desdobra com a força da totalidade. Resta saber, para Levinas, se a loucura é uma saída,

> [O]u a saída é a loucura? A extrema consciência seria a consciência do sem saída e, portanto, não o fora, mas a ideia do fora e, assim, obsessão. Um fora pensado na impossibilidade do fora, o pensamento produzindo o desejo do impossível fora. Nisso loucura ou nossa condição religiosa (id., p. 63).

Mas o impossível que se desperta do lado de fora é ainda possível. Levinas anuncia as modalidades do Dito e do Dizer, pois o impossível vai até não poder fingir esquecer que a palavra, dita ou escrita, remete ao sem saída do ser de onde emerge o que será dito ou escrito, até a "morte a morrer e morte impossível" (id., ibid.).

"No fora": assim é nomeado o último capítulo de *Autrement qu'être ou au-delà de l'essence*[6], livro no qual o projeto filosófico de Levinas se cumpre plenamente. Conclusão que toma a forma de uma soma, de um tipo de cartografia recapitulativa do conjunto da obra, voltando-se em torno, especialmente, da querela da ontologia. Para Levinas, a abertura em direção à alteridade de outrem, a irrupção do outro em mim, situa o equívoco do pensamento do ser em Heidegger sobre um horizonte radicalmente diferente da ideia de infinito e, então, de transcendência, revelada por outrem. Levinas refuta – contra a tradição, ainda que ele a admita – em particular com Platão, Descartes e mesmo Heidegger que não haja uma completa obliteração da questão da

---

6 Algumas recordações de datas de publicação: *La folie du jour* (1949, 1973, 1980); *Autrement qu'être...* (1974); *Sur Maurice Blanchot* (1975); *L'écriture du désastre* (1980, 1983).

transcendência – os dispositivos retóricos sobre a ética. Ele reintroduz uma tensão no cerne da sincronia do *logos*, colocando um pensamento da transcendência como aquilo que vem afetar a imanência sem se dissolver ou se desnaturar nela, sem por isso perder o que ele chama de "nó paradoxal", um excedente de transcendência considerado na elipse empírica de uma proximidade irrecusável e concreta porquanto dotada de fala: outrem. Levinas cuidou de incluir uma nota preliminar em *Autrement qu'être...* na qual ele explicita o que chama de "o acordo" entre o projeto do livro e o título; um acordo, não com um dentro, mas com a essência, que Levinas entende como verbo mais do que como idioma imutável e estático. Daí a inovação ortográfica – a *essance*, que faz ressoar o A:

> O termo essência expressa aí o *ser* diferente do *ente*, o *Sein* alemão distinto do *Seiendes*, o *esse* latim distinto do *ens* escolástico. Não se ousou escrever *essance* tal qual o exigiria a história da língua em que o sufixo *ance*, proveniente de *antia* ou de *entia*, deu nascimento a nomes abstratos de ação. Cuidadosamente evitar-se-á usar o termo essência e seus derivados em seu emprego tradicional. Para *essência, essencial, essencialmente*, dir-se-á eidos, eidética, eideticamente ou natureza, quididade... (Levinas, 1974, p. 9).

Trata-se, para Levinas, de perturbar o acordo com a essência, de pensar essa perturbação desde outrem, desde a substituição, desde uma proximidade inadmissível, uma exposição radical ao traumatismo do infinito. A diferença é entendida aqui como aquilo que fomenta a *perturbação*. Do mesmo modo que em Derrida a *différance* – interrogação sobre a relação do signo e da coisa, sobre a representação – não exerce autoridade[7] alguma; em Levinas, ela é a própria temporalização e desestabiliza, assim como a *différance* derridiana, o núcleo duro do eu. A *essance*, com a nova desinência, designaria, então, um movimento, uma continuação sem repouso vinda do próprio ser e que, desdobrando-se, impediria de fazer corpo com a unidade do ato, com a *essência*. O movimento ininterrupto da *essance* viria de alguma maneira instalar um atraso no seio de conjunção, empreendendo um processo de desapropriação da coisa no signo. Na extremidade última da morte do sujeito, Levinas provoca uma fissão, uma desnucleação da substancialidade induzida da abordagem do próximo que atesta a sufocação da totalidade ao mesmo tempo em que se abre, no próprio ritmo da respiração, "a minha sujeição a todo outro invisível" (id., p. 277). Levinas entende esta fissão "para além do pulmão" como a manifestação de um fenômeno – ou como a manifestação daquilo que desfez o fenômeno – absolutamente surpreendente, e lembra que "é essa surpresa que foi o objeto do livro aqui proposto" (id., ibid.).

---

7 Ver *L'Écriture et la différence* (1967a); *La voix et le phénomène* (1972a); *De la grammatologie* (1967b); *Marges de la philosophie* (1972b); *La dissémination* (1972c).

Agora me é forçoso, no lugar e espaço da palavra surpresa, inscrever um corte entre Levinas e Blanchot, dizer até onde essa palavra é para ambos carregada de um segredo originário inaudito que, no entanto, não escutam com o mesmo ouvido[8]. Mas "que importa?", para retomar o expressão de Blanchot em *L'Instant de ma mort* (1994), o desastre é também escutar a perda absoluta como a possibilidade inaudita do que se abre, *entre eles*, na escritura, na "pseudointransitividade da escritura" (Blanchot, 1980b, p. 185): "Doravante, ele foi ligado à morte, por uma amizade sub-reptícia" (Blanchot, 1994).

Sub-repticiamente, outrem refaz sua aparição em *L'Écriture du désastre* como o paradigma do silêncio trágico, porque o eu não pode lhe responder:

> O eu responsável por outrem, eu sem eu, é a própria fragilidade, a ponto de ser colocado em questão de parte a parte como eu, sem identidade, responsável por aquele ao qual ele não pode dar resposta, respondendo que não existe questão, questão que se relaciona a outrem sem não mais esperar dele uma resposta (Blanchot, 1980b, p. 183).

A irreciprocidade a outrem, o lugar acordado ao sentir, ao padecer e ao sofrer desencadeia, naquilo que Blanchot chama de "a experiência inatestada" (id., p. 184), tal como ela já se anuncia, antecipa-se na proximidade silenciosa dos corpos, uma tempestade, uma *surpresa*. O que é um corpo para outro corpo? A proximidade, um corpo para outro corpo, não é para Levinas e Blanchot, uma proximidade de coisas e de entes. Pensa-se, no despregar dos motivos, que neles se entrecruzam e se encaixam: a experiência noturna, a obsessão, o *há*, a comoção, a não identidade, o neutro, o rumor, o murmúrio, a alteração da identidade, o arquejo, a fissão de si, o exílio, o sem repouso.

"Como filosofar, como escrever na recordação de Auschwitz, acerca daqueles que vocês disseram, às vezes por palavras enterradas perto dos crematórios: saibam o que ocorreu, não esqueçam e ao mesmo tempo jamais vocês saberão." O não saber do desastre precede, de tão incomensurável, a iniciativa do saber como ato de conservação e de memória. "Todo discurso sobre a morte é vão – escreve Maurice Blanchot – incluindo aquele que crê dizê-lo e erra ao dizer". Uma confissão de derrota face à soberania da essência e um impulso infinito, pura estranheza, vinda de fora, vinda de outrem que nos traz o sopro de inspiração, da *surpresa*, re-confia-nos a nós mesmos, restitui-nos uma fala, nos abre à escrita por um movimento expiatório que não é uma concessão feita ao biológico, à natureza, mas que é uma exposição extrema para aquele que inspira e, sem dúvida, uma modulação essencial do morrer para o outro. A exigência que coloca o encontro com outrem, o indivisível do encontro com a escritura, é de fazer acontecer ao extremo esta expiração sobre essa outra vertente da relação

---

[8] Esta questão será objeto de um longo desenvolvimento que, por razões de espaço, não posso realizar aqui, mas que será retomado em outra publicação.

humana que representa a comunidade, na medida em que esta instala por sua vez uma ruptura com a totalidade de um poder, despojando seus membros de seu poder de sujeito, reduzindo-os à passividade - outro motivo comum a Blanchot e a Levinas:

> Acaba que, segundo a designação de Levinas, o outro ficando no lugar do Mesmo, como o Mesmo se substitui ao Outro, é em mim de agora em diante - um mim sem mim - que os traços da transcendência (de uma transcendência) se evidenciam, o que conduz a esta elevada contradição, a este paradoxo de um elevado sentido: é que lá onde a passividade me inopera e me destrói, sou ao mesmo tempo obrigado a uma responsabilidade que não só me excede, mas que não posso exercer, já que nada sou e que não existo mais como eu (id., p. 37).

Responder sobre a impossibilidade de ser responsável: sublime aporia, a mais elevada fala que se possa sustentar, a única que possa nos inclinar a escutar, segundo Levinas, "um deus não contaminado pelo ser" (1974, p. 10) - em suma, a surpresa absoluta! A responsabilidade infinita daquele que é incumbido de se render ao encontro desse impossível é também a experiência da irredutível distância que nos separa de outrem, do intervalo, da própria lacuna, que não poderia ser preenchida sem transformar o encontro em relação de poder. É aí que reside o ponto de contato filosófico entre Blanchot e Levinas, afastado de qualquer forma de ontologia negativa. Nas figuras de excessos, de hipérboles, de aporias se realizam o gesto especulativo de Levinas e o gesto literário de Blanchot, que consiste em não falar do Infinito - o que novamente o tornaria presente e, portanto, o anularia - mas especialmente em produzi-lo, em escrevê-lo. Esse gesto traz o próprio movimento do pensamento para seu fora e cumpre outro movimento, aquele de sua elevação acima dele, aquele de sua alteza, diria Levinas, sua extração da ordem do aparecer na qual o Infinito seria presentificado e exibido como uma excrescência do Dito do Infinito e de seu Dizer. Se o eu está refém, sempre exposto à atribuição da responsabilidade, "como colocado sob um sol a pino" (id., ibid.), então o caráter extremo da exposição até a substituição se desloca para um Infinito sem finalidade que não protege nem garante Deus algum. Esta exposição, que está no desastre e nas feridas, como está em tudo o que nos demanda outrem, reforça o caráter inalienável da aventura no fora. Voltar a escuta para esse fora, para a voz das sereias - ao mesmo tempo em que se é preso aos mastros, ou seja, que não se está completamente exposto aos cantos - significa manter a possibilidade de voltar, de contar e de transmitir, de continuar a vocação de Homero. Voltar a visão para outrem, responder "eis-me aqui", voltar-se em direção ao rosto que sempre se furta não significa apenas atravessar o *pas au-delà* que separa o dentro do fora, é aceitar falar desde um silêncio que não espera resposta. Assim definem Levinas e Blanchot a morte - a morta -, como uma não resposta que não vem porque é interrompida. A interrupção da resposta é o que não espera a morte sem rodeios tanto que essa interrupção é o lugar de uma construção, de um espaçamento, de uma intermitência, o lugar em que vão se instalar as frases como condição de nossa impossível responsabilidade. O lugar do inaudito.

Ainda uma palavra sobre o ouvido que escuta o inaudito, que escuta essa abertura inesgarçável fora do ser, como expulso dele, que escuta outro diferentemente do metafísico. Quando Levinas evocava Blanchot em particular, ele cuidava de frisar a maneira pela qual em sua obra, a escritura não porta mais qualquer interioridade, mas é inteiramente comprometida com a exterioridade, com o exílio, o que Blanchot chama de "a segunda noite". E ele acrescentava, tal qual uma pontuação cadenciada: "Blanchot, um extraordinário musicista!".

Referências bibliográficas

BLANCHOT, Maurice (2000). *Pur l'amitié*. Montpellier: Fata Morgana.
_____ (1994). *L'Instant de ma mort*. Montpellier: Fata Morgana.
_____ (1983 [1953]). *Celui que ne me acompagnait pas*. Paris: Gallimard.
_____ (1982 [1955]). *L'espace litéraire*. Paris: Gallimard.
_____ (1980a). *Exercices de la patience (Emmanuel Levinas)*. Paris: Obsidiane.
_____ (1980b). *L'Écriture du désastre*. Paris: Gallimard.
_____ (1974). *Le pas au-delà*. Paris: Gallimard.
_____ (1969). *L'entretien infini*. Paris: Gallimard.
_____ (1949, 1973, 1980). *La folie du jour*. Paris: Gallimard.
DERRIDA, Jacques (1998). *Demeure*. Paris: Galilée.
_____ (1994). *Politiques de l'amitié*. Paris: Galilée.
_____ (1972a). *La voix et le phénomène*. Paris: PUF.
_____ (1972b). *Marges de la philosophie*. Paris: Minuit.
_____ (1972c). *La dissémination*. Paris: Seuil.
_____ (1967a). "Violence et métaphysique". *L'Écriture et la différence*. Paris: Seuil.
_____ (1967b). *De la grammatologie*. Paris: Minuit.
LEVINAS, Emmanuel (1982). *Au-delà du verset*. Paris: Minuit.
_____ (1975). *Sur Maurice Blanchot*. Montpellier: Fata Morgana.
_____ (1974). *Autrement qu'être ou au-delà de l'essence*. La Haye: Nijhoff.
_____ (1972). *Humanisme de l'autre homme*. Montpellier: Fata Morgana.
NANCY, Jean-Luc (1990). *Une pensée finie*. Paris: Galilée.
POIRIER, François (1987). *Qui êtes-vous Emmanuel Levinas?* Edição própria.

A escritura é um combate contra os Deuses

Dedicado à lembrança de Stéphane Mosès

Stimmen, nachtdurchwachsen, Stränge,
An die du die Glocke hängst.
Wölbe dich, Welt:
Wenn die Totenmuschel heranschwimmt,
Will es hier laüten[1].
Celan

Sim, sim, é bem isso o que tu fazes, tu cantas!
Kafka

Os Deuses, que não toleram que o homem possa escapar deles pela astúcia,
não se deixam desarmar senão pelo espetáculo fascinante da inconsciência absoluta.
Mosès

Envio

Uma escritura se lê a partir de seu gesto de pronunciamento. Ela se lê a partir do lugar de onde uma voz se retirou, desenhando como o destino afônico do que resta: uma fala sem pulmão, uma língua sufocada que logo coloca a literatura no horizonte de sua sobrevida. Lembra a maneira pela qual Kafka ouve o riso de Odradek, essa figura nevrálgica sempre tomada pela provação do movimento, nem completamente criatura, nem completamente objeto, sem morada e sem função, criatura que só seria "o riso que se pode produzir sem pulmão, um riso que se assemelha ao crepitar de folhas mortas" (Kafka, 1955). Lembra igualmente o "assobio ordinário" da voz de Josefina (Kafka, 1980). Com esse assobio inaugura-se o que se poderia chamar de uma "não vocalização" estrangulada, expropriada, um canto tirado da figura da derrota das Sereias de Ulisses. Em Kafka, as Sereias não cantam, elas se calam. Elas anulam a boca como para deixar melhor ressoar um resto de humanidade: um grito, ou um riso, ou um assobio. Contudo, a crepitação, riso ou assobio condenam a fala no exílio, tornam-na apátrida para sempre, e para sempre a revestem espectralmente de uma voz ferida, perdida definidamente para o mundo dos humanos, ao qual só *resta* o fantasma de um canto vindo de alhures, vindo de tão longe que ele acaba se

---

[1] Extraído da coletânea *Sprachgitter* (*Grille de parole*). Tradução Martine Broda. "Vozes, emaranhadas de noite, cordas / às quais penduras o sino. // Curva-te, mundo: / quando a concha dos mortos chega a nado / aqui o *glas* vai soar".

confundindo com o próprio barulho da morte – *dir zu, du meine Leise, du meine Wahre* (Celan: "a você, minha silenciosa, minha verdadeira"). Para mim, essa temporalização da voz/silêncio representa em Kafka o tempo como desenvolvimento da diferença entre os modelos formais, os enunciados narrativos e os idiomas imemoriais. As vozes kafkianas não acabam de renascer de seu silêncio. Entenda-se por "silêncio" as fontes indomáveis, não apropriáveis do significante, um espaçamento no signo que faz com que exista o mesmo e o outro, e isso até as dobras mais íntimas da escritura.

Quando Kafka escreveu *Josefina a cantora ou o povo dos camundongos*, um de seus últimos textos, sofria ele próprio de afasia. Muito doente, ele tinha, por assim dizer, perdido a voz, e só se comunicava por escrito. Seu combate contra os Deuses de Ulisses e o Deus de Abraão havia de alguma forma migrado para o outro lado da escrita, de uma vez por todas, sem esperança de encontrar uma *phoné* consoladora, o signo precisamente de nossa adesão ao mundo dos humanos onde ele nunca tinha se sentido completamente em casa. Um poema de Paul Celan (1994) prestando homenagem a essa ruptura definitiva da voz em Kafka, a essa violação da oralidade linguística transformada em um guincho animal, termina com a expressão "*Der Kehlkopfverschlusslaut/singt*": a oclusão laríngea/canta. Ali onde o guinchar nomeia a ilegibilidade da voz, ali onde a oclusão nomeia a ilegibilidade do canto, encontra-se uma laringe "não vocal", o extremo da palavra despojada de sua plástica, que interrompe a sincronia do verbal, um pouco como o assobiar de Josefina que parece repetir uma experiência primitiva de modo animalesco. São trabalhados na escritura de Kafka os motivos da cisão, do quiasma entre irreconciliáveis, entre a voz virtuosa, a voz animal e a voz muda; entre a oclusão do inominável e a do inaudível; entre a inocência de K. e a inflexibilidade do guardião da Lei (*O processo*); entre a visão/audição do de dentro e a percepção do de fora (*A metamorfose*). Existe aí um guincho ético que nenhum contorcionismo narrativo ou compromisso estético saberia fazer calar. Suponho que para nos proteger desse guincho, deveríamos fazer como Ulisses. Deveríamos tapar os ouvidos, não dar ouvidos à inaudibilidade da onda bucal evadida de sua cavidade. Mas Kafka não se contenta com um simples relato antropológico do guincho. Ele especifica que "muitos entre nós assobiam a vida inteira sem o saber" (Kafka, 1980, p. 219). Ou seja, muitos entre nós emitem, sem saber, uma língua instável, um barulho que não é exatamente uma linguagem, nem exatamente o contrário: um barulho destituído de todo significante, talvez o barulho do tempo em si. Em alemão, dir-se-ia, quase simultaneamente, ao menos, num só impulso, *Stimme und Stummheit*: uma voz que só pode ser concebida acompanhada de sua própria extinção. O motivo da voz atada ao silêncio tece em Kafka, como mais tarde teceria em Celan, confrontado ao teste irredutível de Auschwitz, o idioma de uma literatura e de uma poética marcadas por fissuras temporais, de gritos de encantamento, de guinchos, crepitações, lacerações de um fôlego sobrevivente de noites e nevoeiros da guerra e do extermínio. É uma voz louca que fica, perdura, permanece em nossas memórias, mesmo tendo sido pilhada de seu mais belo canto, seu mais belo *"Feixe-e-palavra"* (Celan). É o *Singbarer Rest* de Celan que André du Bouchet traduz por "résidue a chanter" e Philippe Lacoue-Labarthe por "résidue chantable". Em *Singbarer Rest*, a voz é comparável a um canto, pois ela inarticula um *resto*, *lautlos*, um canto cujas palavras se retiraram e ao qual só *resta* o rastro de tudo que lhe fora tirado. Um pouco como nas *Aleluias das paixões*, de Johann Sebastian Bach em que o canto se baseia numa única vogal que, pelo jogo de uma ornamentação em excesso sobre a língua, acabou se separando de seu suporte, de suas consoantes, de suas sílabas, de suas palavras, de modo a dividir o presente do canto em dois momentos distintos e subordinados um ao outro: o momento do texto e o momento de sua desconstrução sobredeterminada pelo vocalismo. Assim como Kafka dizia através de Josefina, parece-me que nessa poética de *restos*, escórias, tropos alterados, sobrevivendo pelo canto, permanece "algo de nossa pobre e curta infância, algo da felicidade perdida que não encontraremos jamais" (id.). O que Kafka diz de Josefina, "quando ela não existir mais, a música desaparecerá de nossa vida – quem sabe por quanto tempo?" (id., p. 203), pode-se então dizê-lo para essa ideia de resíduo, esse *feixe* intraduzível que a voz começa a calar a fim de que o "silêncio do tempo" se eleve como um guincho, um crepitar ou ainda um riso. E, de fato, Kafka, ao final da narrativa, revela-nos um pouco do segredo paradoxal do canto de Josefina, colocado tão alto, de maneira tão inatingível pelo *Povo dos Camundongos*, "que ele não arriscava perder o que quer que fosse no dia que ele a perdesse" (id., p. 229). O paradoxo tem força: o que se calou não se perde. De modo que se ouve tanto o canto em si quanto o silêncio que o rodeia, no ponto de interseção onde a *Stimme* (voz) encontra seu duplo que a assombra, sua *Stummheit*, sua extinção, ou para dizê-lo em termos celanianos, seu *Singbarer Rest*. O que resta a Gregor (*A metamorfose*) uma vez transformado em inseto, uma vez que seu destino de metamorfoseado o aliena à perda de seu corpo sem que ele possa designar seus novos membros com os termos que conviriam: minhas patas, minha carapaça, minhas antenas, minhas mandíbulas? Resta-lhe sua voz, transmitida ao narrador como sinal de um limite para apreender o insustentável, o sem voz, sem recurso: a estranheza radical que só se pode dizer por uma outra voz. Gregor é salvo pela voz do narrador.

As Sereias de Kafka se calam. Um outro paradoxo trabalha a *Stummheit* das Sereias de Ulisses. O mito que as transpassa de parte em parte não oferece nenhuma promessa de salvação. Por outro lado, entre seus ancestrais antigos, judeus e chineses, Kafka coloca um ponto de honra ao não obliterar seu ancestral grego, Ulisses, colocado à prova, contra toda expectativa, não pelo canto mortífero das Sereias, mas por uma arma infinitamente mais temível: o silêncio. Entenda-se por isso que o canto só existe se algo ali *restar* onde é permitido ouvi-lo, a saber, na narrativa. Tentativa em Kafka de fazer ouvir na música e no canto não o que acontece e se hipostasia, mas o que, ao contrário, evade-se, transmite-se de exílio em exílio, permitindo "transformar a vida em escritura" (Benjamin 1979, p. 125).

Retrato de Kafka como Ulisses

Em seu livro intitulado *Exégèse d'une legende: lectures de Kafka* (2006), Stéphane Mosès mostra como a narrativa kafkiana excede às análises sociológicas, marxistas ou, mais genericamente, especulativas, desenvolvendo estruturas narrativas que requerem e exigem uma decifração infinita, a partir das figuras, imagens e gestos específicos às modalidades da escrita do próprio Kafka. Ele mostra como se opera, do próprio interior destas modalidades, uma concentração formal que coincide rigorosamente com as figuras, imagens e gestos em vigor na história da humanidade. Os textos de Kafka seriam a operação de uma espécie de paralisação da imagem dialética, para retomar a expressão de Walter Benjamim, ou ainda, uma mônada na qual toda a narrativa do mundo estaria precipitada, condensada como um *Jetztzeit* que tem valor de parábola. Stéphane Mosès nos faz lembrar o texto de Kafka datado de 1923, descoberto por Max Brod que o havia chamado "A propósito das parábolas". Texto pelo qual Kafka explica por que as parábolas "significam apenas que o incompreensível é incompreensível" (id., p. 9). Fórmula no mínimo obscura e enigmática se não a ligarmos para além do sentido literal, escapando da fenomenalidade crítica da narrativa. A narrativa de Kafka não nos faz ver o que vemos, não nos faz ouvir o que ouvimos, não mais do que não nos faz compreender o que compreendemos. Ele tece, de maneira inteiramente labiríntica, corredores de sentidos com múltiplas variáveis. A língua seria então o lugar em que se alojaria um sistema de signos inaparentes e, portanto, incompreensíveis, protegidos ou escondidos atrás da pluralidade dos enunciados concretos, aparentes e compreensíveis. A essência da escritura kafkiana se cumpriria naquilo que ela não mostra ou, mais exatamente, na feitura do que ela consente em fazer emergir à superfície da enunciação como substrato do que fica por trás da própria enunciação, a saber, uma língua de verdade tal como Rosenzweig e Benjamim a encontram na mística judaica. Em "A propósito das parábolas", Kafka toma o exemplo do sábio que nos ordena passar ao outro lado. Ora, quando um sábio diz:

> "Passe ao outro lado", ele não quer dizer que se deve ir ao outro lado, apesar de tudo, seríamos capazes de fazer algo se o resultado do trajeto

valesse a pena, mas ele quer falar de algum para além mítico que não conhecemos, que ele mesmo teria, aliás, dificuldades em definir e que não nos ajudaria em nada em nossa vida daqui debaixo (id., ibid.).

Stéphane Mosès nos conduz de maneira absolutamente notável e exemplar a uma leitura das narrativas de Kafka como travessia dessa dupla conjunção – aparente/inaparente, compreensível/incompreensível, velado/desvelado. Ele mostra como Kafka, segundo ele, "coloca" em abismo [*met en abîme*] a própria ideia de parábola. Com efeito, se o segredo hermenêutico presente por detrás da narrativa parabólica pudesse ser reduzido a uma instância de enunciação, então a ordem do simbólico, que é o milagre desta explosão de sentidos, não viria mais urdir nenhum gesto, imagem ou figura de fala e de escrita. Ele seria simplesmente esvaziado de seu conteúdo inatingível de verdade. Isso seria, escreve Mosès, comentando o texto de Kafka sobre a parábola, "condenar-se a perder o que faz a própria essência de todo pensamento, quer dizer, também da arte e da própria literatura" (id., p. 12). Assim, quando Kafka chega a inverter a lógica de sentido deslocando as hierarquias estabelecidas, é para manter a alegoria em uma intensidade impossível de totalizar. É para afetar a escritura com um processo constante de desmitificação, compreendido na forma dialógica do face a face:

> Um outro disse: "Eu aposto que isso também é uma parábola".
> O primeiro respondeu: "Você ganhou".
> O outro disse: "Mas, infelizmente, só na parábola".
> O primeiro respondeu: "Na realidade, não. Na parábola você perdeu" (id., ibid.).

Em oposição ao tempo da exterioridade da escritura, Kafka contrapõe a interioridade de um dito que pode ser sempre desdito e um tempo em que cada instante de enunciação pode se experimentar como o novo começo ou recomeço do próprio dizer. Cada desdito é como o *Schibboleth* de um dizer por-vir, uma senha para garantir à língua sua força de imprevisibilidade. Todo *Schibboleth* faz sentido ali onde não se espera, desfaz a ideia de finitude da palavra e chama nossa leitura a uma escuta da fala como da escrita em que os termos do dito e do desdito, do dizer e do desdizer não são unidos por nenhuma síntese do entendimento. Nenhuma instância de enunciação saberia esgotar ou deslindar a passagem de um a outro. Donde a ideia de que no diálogo inventado por Kafka, aquele que ganhou já perdeu em definitivo. Nenhum paradoxo, nenhuma contradição preside essa ambiguidade do dito e do desdito. Trata-se da própria ética da escrita, de seu "combate contra os Deuses", tal como Kafka não parou de martelar e cuja incomensurabilidade não cessou de experimentar. Como escreve Mosès, "trata-se da salvação ou da perdição, cuja astúcia suprema consiste talvez em fingir a doçura" (id., p. 44).

O mesmo fingimento autêntico atua entre diversas narrativas de Kafka - "O silêncio das sereias", A *metamorfose*, O *processo* - os três textos de que fala Stéphane Mosès como paradigma da singularidade irredutível do escritor. Por fingimento, é preciso entender o acontecimento da escritura como experiência, não a concreção mais ou menos singular de um estilo literário que Benjamim qualificou de "contos dialéticos" (Kafka, 2000, p. 420), mas a manifestação daquilo que eu chamaria de bom grado o pivô da revelação kafkiana deixada não mais à sua positividade assumptiva, mas sua exposição ao mesmo tempo abissal e irônica - Revelação da escritura a serviço da escritura. Ulisses, o herói grego, não escutou o silêncio das Sereias. Melhor, ele pensou, em seu puro ou arguto foro íntimo, que a cera em suas orelhas e o fato de estar preso ao mastro lhe proporcionaria sem dúvida um duplo gozo: aquele de atravessar a provação do canto sem a ele sucumbir, e aquele de ter virado o destino contra as Sereias, de ter imposto a essas criaturas mortíferas sua própria lei, seja ela sincera ou falsa. O canto das Sereias estipulava no mito a emergência de uma alteridade, insinuando-se no enigma sensível da vocalidade, não podendo se conceber senão na adversidade radical, no encontro com um herói que se dobra diante de sua própria solidão ontológica, até a morte, até que o fenômeno do canto absorva de modo quase mineral a potência de ser, devotada ao constante desaparecimento de *restos*. Extinção do ser mais do que extinção da voz, o canto é aqui o idioma significando, assim como no caso da parábola, que "o incompreensível é incompreensível", ou para dizê-lo em termos acústicos, que o inescutável é inescutável. Ora, nos diz Kafka, "as Sereias dispõem de uma arma ainda mais terrível que seu canto, a saber, seu silêncio" (Mosès, 2006, p. 15). Stéphane Mosès lembra que, em O *silêncio das sereias*, Kafka não conservou nenhum rastro histórico do episódio homérico. "Para torná-lo inteligível, é preciso transpô-lo a um outro contexto, projetar sobre ele uma nova luz, dito de outro modo, integrá-lo ao universo de nossas preocupações familiares" (id., p. 44).

Transposição de uma intraduzibilidade de experiência que deixa inteiramente aberta a dualidade aparente das duas hipóteses compartilhadas pelas interpretações desse momento grego, e não judaico, em que o mito se torna ficção, a ficção se torna narrativa e a narrativa se torna escritura. Num dos casos, é a inocência de Ulisses que lhe permite escapar de um destino em que sua morte teria impossibilitado o advento da narrativa e suas diversas transposições literárias, artísticas e filosóficas. Em outro caso, é Ulisses que, pleno de seus poderes, reverte sua ignorância em astúcia, e despreza o apelo das Sereias - "vem aqui, vem a nós, Ulisses, tão reputado, honra dos aqueus! Interrompe teu cruzeiro, vem escutar nossas vozes! Jamais uma nau negra dobrou nosso cabo sem ouvir as doces árias que saem de nossos lábios, e depois se vai contente e mais rico em saber"[2].

Sem nada modificar dos enunciados da narrativa homérica, Kafka semeia uma espécie de perturbação hermenêutica cujas diversas articulações Mosès analisou tão bem, principalmente entre o que ele chama de "dado narrativo anterior" e "situação nova" (id., p. 26-27). Como se o texto citado da *Odisseia* constituísse para Kafka um metatexto, um empréstimo heterogêneo cuja função seria a de propulsionar o mito em uma escritura como fora de lugar, como combate contra os Deuses precisamente e, assim, conferir-lhe uma força de contemporaneidade no sentido midrástico do termo, conciliando "preocupações atuais com um sistema de referências canônicas; (...) o essencial é, para o *midrash*, afirmar a continuidade de um sistema de valor e a permanência de sua autoridade" (id., p. 28).

A DISSIMILAÇÃO NARRATIVA

Até aqui, falamos da força incorporadora da escritura. O que é incorporado não corresponde necessariamente à própria escritura. Daí o efeito de citação, de empréstimo, de estrutura narrativa mutável que representaria o motivo mais do que a assinatura da escrita. Distinção entre a experiência empírica da vida e a experiência fictícia do mito. A literatura se encontra nas proximidades desses dois tipos de experiência, entre o fora da fábula e a intimidade do tempo vivido. Os modelos narrativos de Kafka poderiam ser encarados como a vibração mais que humana de um cruzamento de experiências que não requer qualquer resolução, e que, sobretudo, desobriga que se escolha uma delas em detrimento da outra. Ler é reviver o movimento dessas experiências. É, portanto, já dar uma tradução delas, seja emocional, hermenêutica, crítica, filosófica ou teológica. Essa tarefa hermenêutica é, segundo Blanchot em *L'Entretien infini*, "vasta como a noite", porque necessita que façamos precisamente uma diferença entre o sentido aparente e o sentido oculto, de modo a traduzir, sutilmente e sem fixá-lo em um saber, as imagens ligadas a significações subterrâneas que transmitem seus símbolos ao concreto imediato. Assim como Benjamim desenvolve em *A tarefa do tradutor* a tese de que os textos são alimentados do interior por um sentido ideal que a tradução deveria poder revelar, podemos igualmente dizer da leitura que ela é um gesto de decodificação desse sentido oculto e, por conseguinte, de uma *poiética* utópica, de uma paciência que suporta o folhear do conjunto de enunciados para salvar ao menos uma chance de chegar ao coração dessa língua de verdade que não é nem enunciado, nem sintagma. Em Kafka, a narração é um discurso completo, uma escansão singular que se subtrai ao resto

---

[2] *L'Odyssée*, extraída do Canto XII (tradução de Victor Bérard) passagem na qual se inspirou Kafka.

da escrita, ainda que esteja permanentemente numa relação de coração, para não dizer de coloração com ela. Assim, uma vez apagada a experiência, uma vez que os personagens se calaram, uma vez que o narrador *dissimilou* os idiomas noutra parte que não em seu contexto, a narração continua, além de sua extinção, além de seu silêncio ou de sua desaparição. Esse deslizamento rumo a uma exterioridade radical, tão próxima do fora blanchotiano, não é o puramente fora do tempo, mas uma dimensão póstuma de legados. A narrativa passa de mão em mão, de incompreensões em incompreensões. Ela se adianta, já póstuma na sua fatura de sobrevivente. Seu perpétuo por-vir se mantém por inteiro em um destino escriturário, em uma modernidade que sempre transborda seu continente. A *Stimme* sobrevive à *Stummheit*, ela sobrevive nela e através dela. Ela assombra os corredores narrativos como uma sombra carregada e difratada em múltiplos sentidos. No final da narrativa *Um artista da fome*, ainda que o jejuador morra tragicamente, pedindo perdão por ter estado tão longe, "porque sou forçado a ter fome, não posso fazer de outro modo" (Kafka, 1990, p. 201), Kafka tem cuidado de deixar o motivo do jejum fora da narrativa e de retalhá-lo do interior mesmo da fisionomia do texto, apreendendo assim sua figura mais característica para além do artista da fome, para além do jejuador em quem a morte, mesmo ela, graças a esse deslocamento do motivo principal para fora do espaço circunscrito da narrativa, não interromperá a figura do jejum, desde então colocada no registro da intemporalidade da parábola midrástica: "mas em seus olhos agonizantes permanecia ainda a convicção sempre segura, mas agora desvencilhada de orgulho, que ele continuava a jejuar" (id., p. 202).

A ambiguidade dos gestos de Kafka faz com que essas figuras sejam, ao mesmo tempo, enunciados narrativos e idiomas que valem como suspensão e cesura dos próprios enunciados. Uma maneira de fazer ler o acontecimento, uma vez que este último não existe mais. Uma maneira de aproximá-lo, como se quiséssemos nos apropriar dele, e de descobrir que a narrativa, na aproximação, eclipsou-se, e que é preciso reconduzir as tentativas de interpretação. É o momento em que Ulisses avança rumo às Sereias, "é justamente quando esteve mais próximo delas que não soube nada mais", escreve Kafka. Igualmente, o motivo da proximidade em A *metamorfose* e em O *processo* estrutura um pensamento do intervalo, do ritmo da cesura, graças ao qual a visão/audição se aproxima ou se distancia. É possível que esse ritmo não seja senão uma variante daquilo que percebemos de nossas próprias figuras, imagens e gestos. A proximidade que sentimos, quando somos postos à prova por ela, pertence à ordem do próprio tempo da literatura, com essa ideia toda poética da "aura" que Benjamim desenvolve a respeito da fotografia: "única aparição de um longínquo, por mais próximo que ele esteja" (1971, p. 27). No penúltimo capítulo d'O *processo*, K. detém-se "à altura dos primeiros bancos, mas a distância era ainda muito grande aos olhos do padre, que estendeu o braço e, com o indicador voltado para baixo, mostrou um lugar próximo ao púlpito. K. obedece; no lugar indicado, ele era obrigado a virar a cabeça bem para trás para ver seu interlocutor" (Kafka, 1976, p. 311).

...NO COMEÇO...

No momento em que a voz crepita como folhas mortas, como as folhas de um livro que se folheia febrilmente, no momento em que a voz guincha como um animal, desprende-se de sua presença na linguagem, experimenta-se em uma arqui-escritura que a arranca de seu canto, a narrativa põe-se a falar; como se a voz muda decuplicasse a escuta daquilo que, no texto, eliminou-se por detrás dos enunciados desde o começo, desde o *Anfang*. Para dizê-lo em termos de tonalidade heideggeriana, a escritura em Kafka – e não o ser – constitui sempre começo. Eu recordaria aqui a definição absolutamente extraordinária que Heidegger dá do *Anfang* (começo). Eu a dessincronizo aqui resolutamente da questão do ser para fazer surgir o horizonte messiânico que sopra como uma tempestade nas narrativas de Kafka. Parabolizo, por minha vez, os comentários de Heidegger, descontextualizando-os, retirando-os de seu suporte histórico e deslocando-os, contra todas as probabilidades e sem dúvida contra eles mesmos, em uma perspectiva em que ressoe a mística judaica, notadamente o *Nefesh ha-Haïm* de Haïm de Volozine[3]:

> O *Anfang* é ainda. Ele não se encontra atrás de nós, como aquilo que desde muito passou, mas ele se mantém diante de nós. O *Anfang*, enquanto o maior, passou de antemão por cima de tudo o que acontece e, portanto, também por cima de nós mesmos. O *Anfang* foi cair em nosso futuro, ele se mantém lá como disposição que, de longe, ordena-nos a repetir sua grandeza (Heidegger apud Marion, 1983, p. 182).

O Zohar designa do nome de *En-Sof*, que significa "Infinito", o sem fim de Deus. Esse sem fim não é um atributo, tampouco designa um *sem* ou um *não* começo. Haïm de Volozine especifica que, "do ponto de vista de sua essência, Deus não tem mais começo do que tem fim. É apenas de nosso ponto de vista, quando nos esforçamos por atingir as forças emanadas Dele, que toda nossa compreensão é apenas começo" (Volozine apud Levinas, 2004, p. 198).

Seria arbitrário estabelecer uma relação imediata entre o começo de Heidegger e o de Haïm de Volozine. Por outro lado, do ponto de vista filosófico

---

[3] Trata-se de um dos textos mais canônicos do judaísmo tradicional, redigido em 1823 pelo rabino lituano Haïm de Volozine. Emmanuel Levinas escreveu um estudo importante sobre o Nefesh ha-Haïm, "'À l'image de Dieu', d'après Rabbi Haïm de Volozine" (1982, p. 182-200). Stéphane Mosès fala igualmente desse texto em seu livro consagrado a Levinas (2004, p. 109-118).

como do ponto de vista cabalístico, a ideia do começo prefigura um pensamento do tempo que dá à experiência humana um modo de compreensão insuperável. O começo celebra a glória e o desastre do instante. Ele é único como tal e só pode ser concebido a partir de uma descontinuidade sobre a qual nosso desejo de Infinito vem se instalar. Assim com em Levinas, o encontro com outrem é o verdadeiro começo, a dia-cronia do sem fim, o traumatismo do que ainda não começou, mas que já nos manda responder *hi nenni* ("eis-me aqui"); em Kafka, é o encontro com a literatura que, em sua "fraca força messiânica" (Benjamin), engendra a cada instante um novo começo, como se toda nossa compreensão do tempo do mundo só fosse precisamente *Berechit* – ao que Kafka se refere em seu texto sobre a parábola pela expressão "o incompreensível é incompreensível". Ou seja, nosso desejo de Infinito, ou para falar como Levinas, nosso desejo metafísico de outrem não é determinado por uma essência divina, mas por nossa condição humana, mais precisamente, pelo caráter indeslindável da experiência humana confrontada a nossa busca do Infinito. Donde a ideia de que o que começa, não somente "é ainda", mas "está a nossa frente". Daí a ideia tão frequentemente evocada por Kafka que o simples fato de virar as páginas de um livro, de ouvi-las crepitar como folhas mortas, é um gesto que reveste uma conotação quase religiosa, talvez até mística, já que se trata, a cada página virada num movimento de descontinuidade, de cisão com o que precede, de lutar contra o esquecimento, de fazer justiça ao imemorial por-vir, às ruínas, rastros, assobios, crepitações, gritos, entalhes ininterruptos que, em sua passividade primordial, arrancam-se ao impasse mítico de um *logos* agregador. Em seu comentário como parábola da narrativa de Kafka, "O próximo vilarejo", cuja trama narrativa se baseia inteiramente no idioma da lembrança, Benjamin ausculta o que poderíamos chamar da própria lembrança, cuja especificidade, o em si, é virar o olhar em direção ao passado: "no tão pouco tempo que é necessário para virar ao contrário algumas páginas de um livro, ele volta de um próximo vilarejo até o lugar onde o cavaleiro tinha decidido pegar a estrada" (Benjamin apud Mosès, 2006, p. 92). O movimento que consiste em virar as páginas é comparável ao que consiste em virar-se para o passado, a refazer às avessas "na velocidade de um raio" (Benjamin) o caminho da vida. Experiência proustiana que Benjamin analisou, na qual o passado não está atrás, mas à frente de nós, numa relação de coincidência com o presente, de modo que a ideia de tempo homogêneo é suplantada pela do instante único. O instante único seria então o começo do tempo. Stéphane Mosès reformula a questão de Benjamin sobre Kafka nesses termos: "como, através de qual tipo de experiência, pode-se desfrutar a vida em sua totalidade?" (id., p. 90). Em "O próximo vilarejo", Kafka não se concentra em inscrever na narrativa o que Benjamin chama de gestos, mas liga duas figuras alegóricas que prolongam, revelando duas visões do tempo que encontraremos posteriormente no último texto de Benjamin, as *Teses sobre o conceito de história* (1940). A primeira alegoria, que numa enunciação narrativa designamos pela palavra "situação", é figurada por um jovem cavaleiro. Sua corrida a cavalo, seu galope corresponde a uma percepção do tempo que responde a uma lógica adicional. Cada instante de sua corrida só faz recuar seu termo, seu caráter sem fim, sem termo (Haïm de Volozine) e, portanto, sem começo (Heidegger), colocando o leitor num impulso hermenêutico vindo a ser o eclipse de todos os entes, começando pelos próprios enunciados narrativos. A tarefa do leitor consiste aqui em se posicionar em permanência no começo de cada instante conforme a corrida avança para trás e que lhe é impossível, talvez até "incompreensível", de medir ou de colher, a um só tempo, de uma vez, a totalidade. A segunda alegoria é ligada à figura do avô. Facilmente posso imaginar, ao contrário do jovem cavaleiro, que o olhar da lembrança, comparável ao olhar do vidente de Benjamin, está ancorado a um passado imemorial, tão recuado, tão longínquo, que ele vem a ser próximo e que ele acaba por se confundir com a intimidade da experiência presente. A maravilha de interpretação reside no face a face dia-crônico dessas duas alegorias temporais que Kafka quis insolúveis, indesconstrutíveis, poderíamos dizer, e ele volta a Stéphane Mosès, no despertar de Benjamin, de ter decifrado:

> Para poder evocar o próximo vilarejo (que o cavaleiro, por sua vez, não conhece e nunca conhecerá), o avô tem que ter concebido a ideia e, logo, atingido-a, ao menos em sua imaginação. Inversamente, para poder afirmar que o jovem cavaleiro nunca conseguirá chegar lá, será necessário que o avô, em sua imaginação, coloque-se no lugar de onde o homem jovem decidiu pegar a estrada (id., p. 93).

O cavaleiro e o avô seriam, poderíamos dizer, uma só e mesma imagem difratada de um quiasma temporal cujo começo é o retorno, e o retorno, começo.

...NO COMEÇO...

Stéphane Mosès, leitor de Kafka e de Benjamin, libera, entre a interpretação de Brecht e a de Kafka, que está no centro do terceiro capítulo de seu livro, uma outra voz/via que eu qualificarei como aporia messiânica. O fato em si de conseguir "contemplar sua vida do avesso" como o faz o avô, numa perspectiva onde o movimento de anamnésia estipulado pelo "presente, na minha memória" dissimila as temporalidades sobre dois começos improváveis – um sendo à frente do cavaleiro, o outro, atrás da lembrança do avô – solda a origem e o passado ancestral de dois homens, em que um é a figura ou a parábola invertida do outro. Um pouco como o Anjo de Benjamin cuja figura de começo se encontra entre o passado e o porvir, com essa tempestade que sopra em suas

Asas, intimando-o, de maneira imperativa, talvez até ética, a "retornar lá de onde eu vim". Ou seja, a retornar ao começo. Segundo Benjamin, Kafka estava convencido da necessidade de "galopar através do tempo" (id., p. 95). Extraordinária apreensão do incompreensível. O motivo do vilarejo próximo poderia bem ser o da deformação (Benjamin), talvez até da desformalização do tempo no seio da escritura; deformação que Benjamin liga à questão da Redenção. Enquanto o tempo se mantém na aporia da não resolução, do sem fim e do que nunca começou, a Redenção pode chegar, no vilarejo próximo... ela pode nos surpreender, em nossa corrida enlouquecida... a Redenção como galope, como cavalgada dos tempos. Ou então, a cavalgada como tempestade, que obriga o cavalo e o cavaleiro a nunca parar e, por consequência, assim como o Anjo de Benjamin, a nunca atingir ou acabar sua missão.

Referências bibliográficas

BENJAMIN, Walter (1979). "Carta de Walter Benjamin a Scholem, 11 de agosto de 1934". *Correspondance*. v. II. Tradução Guy Petidemange. Paris: Aubier-Montaigne.
_____ (1971). "La photographie". *Poésie et révolution*. Tradução Maurice de Gandillac. Paris: Denoel.
CELAN, Paul (1994). *Fadensonnem*. Tradução Bertrand Badiou. Paris: Poé&ie.
_____ (1993). *Sprachgitter (Grille de parole)*. Tradução Martine Broda. Paris: Christian Bourgois.
KAFKA, Franz (2000). "Pour le dixièmeanniversaire de sa mort". *Oeuvres II*. Tradução Maurice de Gandillac e Pierre Rusch. Paris: Gallimard.
_____ (1990). *Un artiste de la faim*. Tradução Claude David. Paris, Gallimard.
_____ (1980). "Joséphine la cantatrice ou le peuple des souris". *Un artist de la faim*: a la colonie pénitentiaire et autre récits. Tradução Claude David. Paris: Gallimard.
_____ (1976). *Oeuvres complètes*. v. I. Ed. Claude David. Paris: Gallimard.
LEVINAS, Emmanuel (1982). *L'au delà du verset*. Paris: Minuit.
MARION, Jean-Luc (1983). "du pareil au même". *Les cahiers de l'herne*. n. 45. Paris.
MOSÈS, Stéphane (2006). *Exégèse d'une legende*: lectures de Kafka. Paris: Éclat.
_____ (2004). *Au-delà de la guerre*: trois études sur Levinas. Paris/Tel-Aviv: Éclat.

As lágrimas do Rio

Chama e chora a uma vez
Tudo o que o deserto dos céus clama
Ouço
Fiz-me tenra nessa Babel de chuva
Espero a figura do silêncio antes de retomar caminho
Ele não retorna
Não mais que retornam as cesuras do relógio gris
Que dita a cada gota o batimento do tempo
Chovia chovia
A chuva contornava as árvores
O Pão-de-açúcar erigia sua melancolia sem coroa
Murmurando no ouvido ondas um canto de solidão
Gostaria de manter-me sobre o mais alto ramo
Dizer-lhe que admiraria sua coragem e velaria seu sono
Mas o Pão inspiraria o nada do céu e o escarrando no mar
Que eriçava seus espinhos
Chora e dança a uma vez
Faça vir o eco do bumbo
O transe mudo que os tocadores de pífano insuflam no corpo do poeta
Imagino as cores do Carnaval
Azul, verde, vermelho, amarelo, violeta...
As vogais de Rimbaud te despertam do pó
Entram uma a uma no Samba de Babel e lá ficam até a aurora
Vi Chopin à beira-mar
Juro que era ele
Seu piano de pedra tocava o limo
Não reconheci a cor de sua pele
Rio fez dele um *Orfeu Negro* que fala a língua da saudade
O *rubato* infinito que faz bater o coração das ondas
Essa criança aos calhaus que talha seu exílio
Que gondoleia seu torso e alonga a nuca
a terra do exórdio já foi batida
o burburinho das telhas
o trescalo das favelas

o cálice de bocas vazias
a mordida dos que não sabem rogar
Chovia forte no Rio
Lá onde os pássaros tropicais tecem suas plumas verdes a devir folhagem
Teria amado alcançar esses cabelos sem rosto, beber com eles o leite providencial
que os homens mordiscam com seus lábios preguiçosos
Gritava forte no Rio
Chovia chovia
Não sabia onde esconder as lágrimas que me caiam sobre o crânio com o furor de deuses fugidios.
De um gesto preciso o céu outrora inapagável navegavam sobre nossas cabeças
encharcadas de queixas mudas
O vento soprava sua cólera
Enquanto nós olhávamos nossos pés escangalhados
Tu corrias
Tu eras forte como a chuva
As dunas acompanhavam de olho tua louca corrida
Tu mantinhas em uma mão um punhado de afogamento e na outra
Um suspiro tão pequeno que seria preciso tocar a orelha para escutar bater seus pavores
Uma inspiração feliz me fez tropeçar sobre o rumor que fazem as lágrimas quando elas veem seus reflexos no céu
Um excesso de convulsão se põe a cantarolar um canto inaudito
Me encarquilhei em suas cavidades
Em suas ilusões de bocas transparentes
Ouvi um som novo
O soluço de uma cidade povoada de destinos que encaixam os passos do passante
A dois dedos da festa
Fixo as coisas e as coisas me fixam
Sou apenas uma visão em bloco
Nada sei desse rochedo fluido e amaro
O vejo, o respiro, o insulto
Respiro o canto irreal desse pássaro que teme a morte

A onda é gris e nua e quente e erótica
Habitaremos sobre seu dorso?
Vê as flores
A areia
O piso
As telhas
As portas
As almas
Os corações
Os delírios
Os sonhos
Vê tua cidade
R como *riso*
I como *inocência*
O como *Oceano*
"Riso Inocência Oceano"
É o nome de tua cidade que é também a minha
Que sinto a crocância com meus dentes
Que exorto com minhas mãos
Em um instante tuas pálpebras fecharão os olhos do mundo
Tiraria então do meu bolso um acalento em forma de arco-íris
Eu a repousaria sobre tua fronte esperando que as lanças de São Jorge
Bufem em tuas narinas

Segunda Parte
...riscos, rastros – outras vozes

Risco a frase, impossível partilha

Piero Eyben

> Et tout ce qui en lui tiendrait à la forme singulière de la signature, de l'une ou de l'autre, garde sa valeur tout à fait anormale. Il ne relève d'aucune règle, n'en procure aucune. L'opération doit être chaque fois singulière, et courir uniquement sa chance[1].
>
> Derrida

Isso se lê em duas regências. Com e sem uma crase, com e sem a união do fazer, do aspecto verbal ao qual corres o risco. Risco à frase, que se diz em duas formas: uma muito indireta, enquanto a outra rasura. Logo, se há uma dupla possibilidade, uma compreensão que seja por si mesma ao menos dual, deverias pensar desde já em uma partilha, no lugar histórico da partilha. Enquanto compartilho uma mesma língua, um espaço político do rastro idiomático, estou necessariamente disposto diante da noção histórica da partilha. Ocupas uma legitimidade quando me refiro assim a ti. E desse modo impões fortemente o desvio chamado identitário, o destino da identidade que se implica no falar idiomático entre dois – *entre eles*. No entanto, e mesmo assim, há duas regências, quase dois credos, a subsumir o mudo da palavra, o grave de palavra, o acento, o que se não pode ouvir ali. A palavra interditada, restrita – a palavra proferida por Eliphaz de Temã (Jó, 4:2) quando propõe não ser possível refrear (*uotzr*) a declaração pronunciada (sempre contra a ti) –, ao fazer da parte, a singularidade das partes dispõe ao outro esse mesmo risco, o risco de ler em duas regências o espaço da frase, o caso da *frase* no dizer interditado de quem começa a falar.

Risco a frase, como se recomeçasse. Se a risco arrisco ter de informar que toda partilha é impossível em si. Como *em si* tudo o que deve ser partilhado participa de um impossível desentendimento, da própria natureza da política. Sem defecção, o risco deve demorar-se para além de todo *em si*, para além, portanto, de uma partilha pura e simples. Risco corrido aqui não é apenas aquele da chance, do acaso, não é apenas o retorno ao *azar* lançado sobre o naufrágio, do qual te lembras Mallarmé. O risco corrido aqui é o de que não seja possível – nunca o é talvez – uma escritura que seja ela mesma um retorno. Por impossível, a escritura do retorno alcança seu espaço diferencial tanto como acaso – e não apenas como *tal* – quanto como rasura, tracejado, rastro. Como se recomeçasse, é sempre preciso o recomeçar. De certa noção histórica da

---

[1] Tradução: "E tudo o que nele se sustentasse sob a forma singular da assinatura, de um ou de outro, guarda seu valor absolutamente anormal. Ele não supra-assume nenhuma regra, não obtém nenhuma. A operação deve ser cada vez singular, e correr unicamente seu risco.".

partilha, a literatura nos faz comunidade de poetas, espaço inconvocável de responsabilidade. Isso implica dizer algo sobre o ser, aquele que compartilha uma mesma condição, ou ainda uma condição *tout court*? O lugar onde nasce o sentido, onde faz sentido o mundo? Há, sem dúvida, dois riscos: de um lado, fazer do sentido o próprio da noção de presença, de ser na presença, da condição de partilha como condição de ser, logo, de uma metafísica desse ser; de outro, esse mundo estar hipostasiado de um sentido que não se vale apenas do ser no mundo, mas daquilo pelo qual devo responder e, ainda, a quem devo responder. De todo modo, riscar essa frase é arriscar tudo - descartar todas as cartas no jogo, não apenas no *pôquer*, não apenas no *truco*. É fazer truque quanto ao risco de um dizer ser mais que apenas essa agonia compartilhada da existência. Digo, talvez com Levinas - em *De l'existence à l'existant* -, quando se faz de um eu (*moi*) o espaço de um saber (que "*demeure extérieur*" (Levinas, 1993, p. 148)[2], como um fora sempre em relação distante ao acontecimento) em direção ao tempo, à inscrição dessa relação que "recomeça como outro" (id., p. 159), como alteridade absoluta de um tempo que seja aquele dos "camaradas"; mas digo sobretudo com Blanchot - em *Thomas l'obscur* - que intenta o silêncio dessa impossibilidade de partilha como forma mesmo de seu dizer, "le silence, le vrai silence, celui qui n'est pas fait de paroles tues, de pensées possibles, avait une voix", lá onde a ausência é "edificada" e torna-se possível ao *eu*, que se prepara "à l'agonie par conscience exaltée de ne pouvoir mourir" (Blanchot, 1950, p. 102)[3].

Tudo o que está nesse *eu* compartilha uma noção histórica da partilha que faz da parte seu próprio destino. Não sem ironia, as Parcas distribuem a parcela de cada qual. O sentido etimológico da *Moira* clássica deriva do verbo *meíresthai*, "ter em partilha", "obter por obra do destino". Está aí, portanto, a inscrição de um tempo que deve sempre exceder o controle do humano, o controle de seu próprio como ser, e que, ao mesmo tempo, faz ter em partilha todo o sentido possível de uma agonia herdada, transmissível. Não à toa, Hölderlin intenta cantar mais tempo - "Nur *einen* Sommer gönnt, ihr Gewaltigen! / Und einem Herbst zu reifem Gesange mir" (2008, p. 60)[4] -, um tempo de brotar, um tempo da maturidade, um tempo que seja ele mesmo perpassado pelo poder violento e autoritário (*Gewaltigen*) das Parcas, que selam a vida e aniquilam, e pelo próprio canto (*Gesange*). Desse canto pelo tempo, cabe saber o que passa dessa forma plural do poder da partilha à posse do canto, à posse daquilo que é de si mesmo, onde o morrer é para si (*dann mir sterbe*)? O poder *singular* do verão ofertado às partes para um canto pode tratar do que significa, *dá sentido*, a natureza - o espaço maduro desse canto que chega muito antes do desfalecimento?

---

2 Tradução: "permanece exterior".
3 Tradução: "o silêncio, o verdadeiro silêncio, aquele que não é feito de palavras mudas, de pensamentos possíveis, tinha uma voz (...) à agonia pela consciência exaltada de não poder morrer".
4 Tradução: "Ainda *um* verão me dai, ó Poderosas! / E um outono para amadurecer meu canto".

Apenas *um* verão por um tempo da justiça como exigência ao impossível, aqui o *dizer* de Hölderlin estende o sazonal por uma morte que não pode morrer, como diria Blanchot, por um "não poder morrer" agônico. O canto matura esse tempo da justiça que de um modo ou de outro faz da partilha – do tempo partilhado, digo – essa recepção redentora para o "silêncio do mundo sombrio" (*Stille der Schattenwelt*). As partes da Moira selam o risco, marcam o caminho do próprio, logo, de toda a comunidade possível, mas ao mesmo tempo arriscam-se, na morte – que iguala –, extensão dessa agonia do canto, à recepção inversa do dizer que é o próprio do poeta, dessa justiça que interrompe o poder das *Gewaltigen*. O que em outra clave ainda surge em Valéry e sua jovem parca: "Tu viens !... Je suis toujours celle que tu respires, / Mon voile évaporé me fuit vers tes empires..."[5]. A longa fala dessa *imatura* faz o sempre de um sopro, de um direcionamento que renova o sujeito para a vinda esperada, calculável, daquilo que é mais incalculável, do cerne da aporia, do *esperar-se nos limites da verdade*. Sejam as partes de cada vida lançada, seja o poder da inscrição da morte comunitária que se anuncia, a função da Moira é fazer *compartilhar* o quinhão histórico do próprio destino. E, nesse sentido, história e destino se dizem, perfazem-se como vinda infinita, como respiração desvelada à evasão. A frase que se risca, arrisca o sopro desse compartilhamento, isto é, essa vinda – de um ti, que parece se evidenciar do dizer de Valéry – ressopra o desvelamento do próprio risco, da chance e do acaso, faz com que o *eu* possa ser pensado, *antes*, como partilhando um convívio, exercendo-se no tempo, por seu estar histórico em uma significância toda outra, para além desse poder sazonal, por sua vinda que desmantela a certeza, fazendo-se escapar de uma essência que seja ela mesma o próprio do destino, do destino como primeiro espaço de dizer.

Há risco sempre quando há marca, vestígio. Se a partilha pressupõe certo conjunto reconhecível de coisas e sujeitos, se ela pressupõe a própria ideia de um sujeito lançado às coisas que o circundam, seu risco é sempre contraditório. O *tu vens* não pode ser dito como espécie de letra morta, como instituição do poema. Esse *tu vens* é marca frontal daquele tempo que não permite o *morrer ser possível*, que só se faz recomeçado na sincronia do outro. O risco do *vir* e, sobretudo, da implicação conativa dessa *vinda* impõe o aspecto incondicional de uma não-coincidência consigo. Se sempre o *tu* deve *vir*, permanecer *vindo*, o acontecer dessa *vinda* é sempre lançado ao outro – aos impérios do outro – que deve, por isso, responder, ser apelado. Dito de outro modo, a partilha compreendida como cerne da propriedade é uma impossibilidade porque apenas resvala em um destino histórico cumprido, previamente cumprido. No entanto, se a partilha torna-se, ela mesma, *impossível*, isso não pode se dar senão por essa

---

[5] Tradução: "Tu vens!... Sou sempre aquela que tu respiras, / Meu véu evaporado me foge a teus impérios...".

incondição do apelo, da vinda nunca pacífica desse outro que põe em risco minha segurança, risca meu papel sociopolítico e arrisca ser partícipe do tempo da justiça. O risco à frase produz, portanto, um existente em rasura, na litura de seu próprio saber. Está aí o espaço do poemático – que excede outramente o próprio da literatura –, impondo uma voz outra, um espaço sem espacialidade, em um exílio que pode ser lido desde a exigência de outrem, como imposição de que ninguém possa responder por mim, em meu lugar, nessa espacialidade que é a própria frase, minha retórica, minha delonga. A existência do risco resiste ao egoísmo, como a "visitation [que] consiste à bouleverser l'égoïsme même du Moi" (Levinas, 1987, p. 53)[6]. Se das formas literárias surge um espaço de arbítrio do fazer de uma *frase*, aí está o próprio, o eu como consciente e unicidade teleológica; contudo, se digo uma *frase riscada*, o que se diz é ainda uma unicidade, mas a unicidade da resposta, do dever de resposta que, intransferível, revolve a egocidade pela *visitação*, por outro lugar que compõe o dizer para além da arbitragem topológica da letra. Desse modo, o *vir* do canto – daquele canto solicitado pelo poeta – é transbordamento que faz com que o escritor viva sempre esse ato, esse gesto de risco: colocar uma frase àquele *que vem*.

Incondição do outro, vulnerabilidade à abertura, toda frase *arrisca* um porvir. Isso equivale a dizer que não haveria "nul à-venir sans quelque mémoire et quelque promesse messianiques"[7]. Na "confirmation du *oui*" (Derrida, 2000, p. 72)[8], portanto, de todo porvir que se arrisca ser acontecimento, uma *frase* se diz a partir da memória messiânica, da memória que implica já o oposto do destino tomado como solução e programa. Se no *morrer* está o espaço do próprio, é, todavia, no próprio do *morrer* que se instala a promessa de um porvir, ali onde o presente é recusado, quando o presente não se faz senão por intervalo inexistente. Esse *sim* confirmado pode ser reconhecido no fiável e no santo que compõem a figura da testemunha, cujo ateste, que nunca pode ser considerado como simples *prova*, põe à prova um saber indicial, de um encaminhamento histórico externo ao próprio testemunho prestado, figurado. O signo da testemunha é, por certo, antes um signo de justiça, uma justiça que deve ser realizada na *fé jurada*, na possibilidade de que o "destinataire du témoignage, lui, le témoin du témoin ne voit pas ce que le premier témoin dit avoir vu" (Derrida, 2004, p. 527)[9]. É desse modo que sua significação deve ser perpassada tanto pela confiança – pela fiabilidade de um discurso engajado – quanto pela sagração do sentido que põe a nu a pureza de um sentido, sua veracidade. A presença que ocorreu à testemunha deve sempre estar ausente ao destinatário e aqui está o

---

6 Tradução: "visitação [que] consiste em transtornar o egoísmo próprio do Eu".
7 Tradução: "nada por-vir sem alguma memória e alguma promessa messiânicas".
8 Tradução: "confirmação do *sim*".
9 Tradução: "destinatário do testemunho, ela, a testemunha da testemunha não vê o que o primeiro testemunho diz ter visto".

dilema, mesmo a aporia, do saber como indicial: nada garante que essa *re-presentação* seja índice de verdade a não ser o *juramento* de veracidade, seu risco - *alea jacta est*.

Se há, portanto, uma confirmação do *sim*, não se pode imaginar certo fluxo de impossíveis retenções do sentido diante dessa presença posta a nu? Penso no caráter *elíptico* da hipótese levantada por Derrida de que "tout témoignage responsable engage une expérience poétique de la langue" (id., p. 521)[10] e, logo, sem pestanejar, em um convívio secreto com essa língua, que nos faz experienciar todo o tempo em que o engajamento possa ser considerado como *partilha*, como a própria *incondição* da partilha, por seu ato *responsável*. A frase que se arrisca ser poética testemunha, é a frase de um terceiro. O que está retido do sentido impõe uma decidibilidade que une poética e política em um limite complexo entre o dentro - da poética compreendida como *produção* - e o fora - da política compreendida como *desentendimento*. E se o poema corta, tece-se pela cisão - como diz Derrida sobre o poema de Celan - trata-se sempre de uma decisão: "une *décision*, son nom l'indique, apparaît toujours *comme* interruption, elle decide *en tant que* coupure déchirante" (id., p. 524)[11]. Como se cindida, como se não-cindida, a decisão é sempre um movimento de fidelidade ao sentido, logo, a uma univocidade do dito - do *tomar uma decisão* - e, ao mesmo tempo, à significância própria de sua cisão, de separação absoluta de um estado a outro, de uma urgência a outra - do *decidir-se pela cisão*. Os dois sentidos implicam uma fidelidade a *mais de um*, a quando, portanto, não exista *mais o um*. A fenda lançada aqui é essa do risco corrido pela partilha, por um dizer partilhado. O juramento seria a única forma de a frase arriscar (perder) o cerne da partilha, o que implica conduzir o sentido a uma revelação do mundo - como o sentido fenomenológico da epifania de outrem que Levinas propõe pensar - e, ao mesmo tempo, um desnudamento da imagem que possa existir na relação de outrem, a uma exposição total de sua *frase*, de sua decisão.

Interrompida, a álea *toma* decisão por sua própria impossibilidade. A significância faz-se aqui como rastro e, desse modo, apenas pode se fazer como *irretitude*, como o próprio ardil do tempo - de sua irreversibilidade, de sua remissão, de seu remetimento. O caráter aleatório da sobrevivência inscreve toda *frase* em um dizer que testemunha, que se eleva a uma fala sentenciosa, a um espaço de operação da decisão e da justiça. Se não se deve testemunhar *pela* justiça, a própria justiça se dá ao *testemunho*, isto é, é uma tomada de sentido responsável

---

10 Tradução: "todo testemunho responsável engaja uma experiência poética da língua".
11Tradução: "uma *decisão*, seu nome o indica, aparece sempre *como* interrupção, ela decide *enquanto* corte dilacerante".

diante da aporeticidade do outro. Além de toda "direitura"[12], além de sua dissimulação previsível com a presença, o testemunho – sua *frase* decisória pela aleatoriedade do poder não ter ocorrido – emerge como possibilidade de um perjúrio, logo, de um discurso da crença que faz da linguagem apenas esse *ardil* confirmatório da imprevisibilidade. É, pois, preciso que o *tu* – essa vinda inesperada da visitação – seja sempre um *sim*, um dizer *sim* antes de tudo, por fidelidade. É, por isso, que o risco *da* frase deve ser lido como um espaço da significância, como rastro que "dérange l'ordre du monde", que "vient 'en surimpression'", que é designada "dans l'empreinte que laisse celui qui a voulu effacer ses traces dans le souci d'accomplir un crime parfait" (Levinas, 1987, p. 66)[13]. Eu diria ainda que a ordem desse mundo apenas se imprime nessa possibilidade do crime perfeito e em sua improbabilidade significativa. O mundo perturbado que se faz rastro e, desde aí, apagamento para o cumprimento (ardiloso) de uma impressão foracluída à morte compartilhada, que enceta uma vizinhança, um *compartilhamento de frases*. A palavra como espaço primeiro não interessa ao escritor, propriamente dito. É na frase que se encontram todos os riscos. Seja o pavor do escritor de "mourir avant la fin d'une longue phrase" (Derrida, 2008, p. 52)[14], seja por sua demora em um incalculável de justiça testemunhada. Uma só vez, a morte se dá. E, logo, de uma só vez a longa frase pode ser interrompida justo em sua demorança, em sua forma anterior à finalidade e à finitude. Sem fim, uma *frase* pressupõe que se morre antes mesmo de terminá-la, de fazer findar aquilo que se pode dizer em *uma só* frase. A singularidade desse acontecer faz *vir* o outro como partícipe da *irretitude*, logo, daquilo que se faz muito antes da longa frase, que completam os anos todos do escritor ao se confessar, ao prestar testemunha de uma sobrevida. Trata-se, por certo, de uma irredutibilidade da justiça ao cerne da promessa – lugar de nascimento do texto – uma vez que ela "ne peut avoir proprement lieu, en un lieu propre, mais qu'elle est inévitable dès qu'on ouvre la bouche" (Derrida, 1988, p. 10)[15]. Entre um e outro, o lugar da propriedade cede ao acontecimento, a partilha cede ao risco, a essa fenda que é a própria boca escancarada.

---

12 As muitas tentativas de traduzir o termo *droiture*, tão caro a Levinas, colocam-nos em um problema fulcral, que esse ensaio não conseguirá responder. O termo francês implica uma "retidão", uma "justiça", algo que pode se dar apenas pelo direito, por aquilo que faz *lei* correta, atributo de sua legalidade. Prefiro simplesmente a palavra *direitura*, existente na língua portuguesa, mas tanto sua sonoridade quanto suas implicações imediatamente políticas não soam como suficientes em nosso contexto. Preferiria acima de tudo dizer algo como o *ardil do direito* que cria imprevistos históricos e, dessa forma, o desconstrói diante da própria justiça. O termo francês, que possibilita a própria justiça (em sua nudez), nos é improvável e incômodo.
13 Tradução: "perturba a ordem do mundo, que 'vem sobrimpresso'", (...) na impressão que deixa aquele que quis apagar seus rastros na preocupação de realizar um crime perfeito".
14 Tradução: "morrer antes do fim de uma longa frase".
15 Tradução: "não pode ter lugar propriamente, em um lugar próprio, mas que ela seja inevitável desde o instante em que se abre a boca".

Penso que se há um espaço de significância, esse deveria ser soprado à suspensão temporária do próprio sentido[16]. O medo de morrer antes de concluir a frase não implica, em um primeiro arroubo, um medo de morrer antes de abrir a boca? O que está em jogo é justamente o espaço de ocorrência da promessa, sua inevitabilidade lançada à abertura do lugar que não lhe seja próprio. O sentido nunca é o próprio. De uma assemia temporária – descartando, como disse Derrida, uma "*mort du sens* en général à l'intérieur de la conscience individuelle" ou ainda que não nos reconduza, tendo em vista sua aparição à consciência egoica, "au néant un sens" (Derrida, 2010, p. 92)[17] – sua fidelidade precisa de mais de um, de uma demora em que o *morrer na frase* não seja assumido desde o signo, como totalidade do significado, mas que possa se delongar em remetimentos dessa suspensão – assêmica – que incapacita, inopera o próprio, o sentido do referente. Logo, a *frase* como espaço da significância deve deter-se não apenas no fiável sagrado (da dissimulação testemunhal), mas, sobretudo, em sua aleatoriedade sobrevinda, ali mesmo onde o espaço da verdade pode responder ao sentido, para "'faire' la vérité dans un style" (Derrida, 2008, p. 49)[18]. Estão aí as duas regências, aquela muito indireta, de uma sentença que vai até a paixão oblíqua das áleas; e a outra que, por sua necessidade elíptica, interrompe rasurando seu próprio espaço de dicção, faz riscadura.

A imprevisibilidade dessa frase pode ser ouvida sem nenhum Jó pacífico, ali onde Eliphaz vocifera: "um sopro passava sobre minhas faces; eriçava o pelo de minha carne. / Estático, mas eu não reconheci seu rosto, a imagem contra meus olhos. Silêncio... e depois ouvi uma voz: / pode um mortal ser justo diante de Deus?" (Jó, 4: 15-17). Trata-se, desde logo, de um espaço de resposta, do lugar em que a resposta não apenas é necessária, ela torna-se imperativa. Mandatário de um saber sobre aquilo que se faz *face* – do espaço carnal e corpóreo dessa primeira recepção da voz do outro –, o *eu* da frase se torna inerte diante do não reconhecimento, diante da impossibilidade do reconhecimento se dar (pela introjeção dessa figura espectral, do aspecto impossível aos olhos, do fantasma dessa figura que se põe contra o rosto outro) e, assim, espera a interrupção – o risco, a rasura da fala – para ouvir a sentença que soa como demanda. Como diz Levinas, trata-se de uma "turgescence de la responsabilité" (Levinas, 2010, p. 273)[19]. A pergunta não se faz por um saber que retorne ao mesmo, à habitação sem medida que se pode herdar pela casa, pelo já conhecido de uma pátria. A pergunta se coloca como rastro justamente por ser ela de

---

16 Já analisei em *Escritura do retorno* o lugar em que o signo não pode ser senão um lugar de autorreferência e, portanto, um apagamento de si em termos do duplo elo, do duplo movimento que se faz entre a assemia e a disseminação. Permitam-me, pois, remeter o problema a esta publicação.
17 Tradução: "*morte do sentido* em geral no interior da consciência individual (...) no nada um sentido".
18 Tradução: "'fazer' a verdade em um estilo".
19 Tradução: "turgescência da responsabilidade".

um caráter *heimatlos*, do colocar-se contra a imagem divina daqueles frutos sempre esquecidos aos mortais, como diz Hölderlin, mas sempre "*daß sie den Göttern gehören*" (2008, p. 266)[20]. Sem dúvida, linguagem que frequentemente possuo – "öfters hab ich die Sprache" – não pode ser simplesmente ouvida – "*aber sie hörten dich nicht*" – mesmo possuindo o canto. Eliphaz parece supor que é sempre preciso *arriscar* um dizer acima do dito, do reconhecimento da essência. A turgescência da responsabilidade é um nunca se furtar à resposta, um nunca abandonar o caminho que é esse da palavra, na frase. É Jó quem deve responder? Ele mesmo diz serem suas "palavras desvairadas", "engolidas" (como diz a bíblia de *King James*), "impetuosas" (Jó, 6: 3). Muito próxima da loucura, a frase de Jó apenas pode responder de sua miséria – claro que diante de tudo o que se pode pensar como justiça retributiva. De sua boca apenas sairá amargura e aflição (7: 11). Tomado de uma "visão noturna de pesadelo" (4:13), Jó intenta compreender a justiça, tendo sido afetado por um senso de partilha comunitária, ou seja, pela própria noção de distribuição judiciária. É preciso que sua inocência parta não apenas da alegação de inocência – de não haver falta nele – mas de uma decisão pela loucura, a partir da frase que se engolfa em um dizer que não pode ser ouvido, senão quando das deidades, senão como modo de exposição imediata de Deus a Jó (como parece sugerir o fim do livro). A justiça, suplantada pela palavra da divindade, coloca a pergunta pela mortalidade, pela justiça diante da epifania, como obscurecimento: "Quem é esse § que escurece o desígnio com palavras §§ não-sábias?" (Campos, 2000, p. 77). Tratando-a como recurso semiótico, Haroldo de Campos lê aqui "uma reparação consideravelmente mais ampla, pelo acesso imediato, por meio de algo como uma *abdução*, uma iluminação *icônica*, ao cerne mesmo daquilo que está para além de toda concepção ético-humana de justiça retributiva" (id., p. 62). Importa ainda prever como dessa justiça demandada por Eliphaz o sopro não nos deixa furtar de todo desnudamento da face, da imagem irreconhecível do outro, do abandono à fome que implica certa distopia da assimilação, ali onde o "inassimilável assimila" (id., ibid.). O sopro icônico da justiça *afeta* a própria carne. Evidentemente, trata-se dessa exposição à nudez da qual a ânsia pelo reconhecimento implode toda noção de justiça diante de um outro absoluto. Imagem contra os olhos, diz o texto. Depois, silêncio, seguido de uma voz. A voz pergunta a Eliphaz, Eliphaz demanda a Jó. Só a decisão "louca" permite essa passagem das faces ao face a face, ao rosto que não revoga sua entrada, ao contrário, mantém-se com a disjunção impertinente[21]. Em seu *risco de frase*, o *eu* é aquele que

---

20 Tradução: "que pertencem aos deuses".
21 Haroldo de Campos intentando manter o esquema dialético de Buber propõe algo que se escreve como: "passa a ser im-pertinente a disjunção" (2000, p. 60). O risco aqui é, sem dúvida, ainda manter a suspensão como teleologia, no entanto, parece-me que o poeta conduz a argumentação a sua indecidibilidade, ao cerne propriamente do secreto da justiça compartilhada, do segredo, em si.

ouve sempre uma demanda, sempre "présents passés [que] appartenaient à la présence d'une promesse dont l'ouverture vers le présent à venir ne fut pas celle d'une attente ou d'une attecipation mais d'un engagement" (Derrida, 1988, p. 61)[22], isto é, o cerne do enlutamento, da devoração do outro, daquilo que não se pode antecipar, prever, calcular, *pôr em partes* medidas com as Moiras. Trata-se sempre de um *morrer* desde já e por vir, desde sua calculabilidade impossível, por ser, desde sempre promessa, aspecto vindouro.

Engajamento ao outro, a esse rosto inaudito, irreconhecível. A palavra em *risco* espaça toda significância em uma demanda na qual o presente é refutado, em que o presente não pode senão constituir o instante mesmo do *morrer*, dessa impossível negatividade. Engajada ao outro, retomo de Heidegger, "cada palavra falada é já resposta: contra-dizer, contra-vinda, dizer audível" [*Jedes gesprochene Wort ist schon Antwort: Gegensage, entgegenkommendes, hörendes Sagen*] (Heidegger, 1985, p. 249). Cada palavra como resposta à cisão de uma decisão expõe ao risco o trabalho do pensamento. Esse contraditório a que Heidegger impõe o dizer parece soar como que da forma do engajamento nascido do rosto lançado ao infinito, lançado à determinação improvável e impossível, à condução desse trilhamento que implica a quietude da linguagem. Em uma condição de estranhamento o rosto – por onde ele entra no mundo – recende sua significação nesse dizer *audível* e *contra-vindouro*. O rosto, como condição da exterioridade, é assistido pela palavra em seu tempo de quietude, pelos dobres de silêncio ("*Die Sprache spricht als das Geläut der Stille. Die Stille stillt*" [id., p. 27][23]). O silenciar do silêncio porta e suporta (*austrägt*) a essência do mundo e da coisa em si mesma. Esse espaço em que o rosto fala, em que a linguagem responde necessariamente por um contra-dito, por um dizer que se pode ouvir, logo, pelo sentido que se escuta no *dobrar dos sinos*, no instante em que o *ângelus* admite ser anunciação do acontecimento, de sua própria evocação, de seu próprio chamamento que permanece silente no trazer-se ao mundo, como mundo, do sentido. Soa a palavra, quando do risco, está aí o engajamento total ao outro. Isso que soa, demora e faz do porvir uma espera, um permanente esperar ser portado desde o fim do mundo, de seu distanciamento infinito (*Die Welt ist fort...*, reitera Celan). Para morrer-se na frase, é preciso que se morra como que contemporâneo de qualquer alteridade, de toda espera que não se possa conceber como esperança certa, almejada e prevista, isto é, na demora (aporética) o morrer é sempre um morrer na frase – esse risco que corres ao correr da pena – lá onde a noção histórica da partilha não pode senão desdizer-se, refutar o presente.

---

22 Tradução: "presentes passados [que] pertencem à presença de uma promessa cuja abertura ao presente por vir não tenha sido essa de uma espera ou de uma antecipação, mas de um engajamento".
23 Tradução: "A fala fala como dobres do silêncio. O silêncio silencia".

E, se todo engajamento pressupõe uma política, essa apenas se faz diante do outro, da promessa por vir; o que quer dizer de certa testemunha, de certa partilha do impossível, daquilo que não retorna - como o Abraão que logo chegará. Se há política, deve haver lugar, espaço, passagem. Isso que faz da política um dizer desde a cidadania[24]. Diria que é preciso, *a rasurar toda frase*, uma forma de excesso que faz espacialidade, em que a fala incisa o estilo como silêncio. Na exigência e no advento de uma linguagem que não cessa, mesmo desde o silêncio, a implicação política do poema não está, no entanto, para além nem da ética nem da estética. Dito de outro modo, podemos pensar na inscrição poemática da linguagem a partir desse dizer que entalha, escolhe e elimina como um deslocamento o próprio (do dito) ao espaço de sua assunção ao advir da *frase*. Para *arriscar toda frase*, a forma excessiva dessa incisão se faz como silêncio lá onde partilhamos a morte - que nunca é minha, para concordar com Blanchot, com Derrida -, lá onde não seríamos propriamente seres-para-morte, mas para o outro submetido à mortalidade, à sublevação que implica a mortalidade. Não sendo do aspecto mortal, essa partilha nos implica o um para o outro submetido e solicitado por *qualquer* outro. Cabe perguntar pelo lugar, por aquilo que se faz lugar na alteridade? Levinas propõe algo como:

> L'altérité du prochain, c'est ce creux du non-lieu où, visage, il s'absente déjà sans promesse de retour et de résurrection. Attente du retour dans l'angoisse du non-retour possible, attente qu'il est impossible de tromper, patience obligeant à l'immortalité" (1987, p. 12)[25].

Vazante do não-lugar, a alteridade ausenta-se. Trata-se de uma ausência incalculável, que Abraão terá de provar em sua retirada - naquilo que significa retirada no argumento de Kierkegaard - sem retorno ao monte Moriá, ao espaço de uma proximidade absoluta com a alteridade. Se a palavra pronunciada é já uma resposta, ela pode apenas ser resposta ao apelo, ao contato vocativo que se pode esperar da disposição ao "eis-me aqui". Permanece como esperança de um retorno - como dirá Abraão ao servo ao pedir que busque uma esposa para Isaac, sem lá retornar - enquanto angústia do não-retorno possível. Esse oco do lugar faz rosto por obrigar à mortalidade o infinito. Trata-se, como explicitado em *Totalité et infini*, de uma apresentação do rosto no sentido em que "m'appelle, au contraire, au-dessus du donné que la parole met déjà en commun entre

---

[24] E importa revelar os perigos de falar do político logo depois de uma referência a Heidegger, de uma referência que continua a pensar a linguagem desde seu *Sage* até uma interpolação da diferença. Lacoue-Labarthe, em *Heidegger - la politique du poème*, anuncia que se há uma política em Heidegger ela é *archifasciste* (p. 129). Em outra chave, Lacoue-Labarthe ainda reconhece a "coragem" como *"l'unique qualité archi-éthique"* (p. 131) no pensamento sobre a poesia em Heidegger. Valeria todo um ensaio sobre essa dualidade lacoue-labarthiana no pensar do poema.

[25] Tradução: "a alteridade do próximo é esse oco do não lugar onde, rosto, ele se ausenta já sem promessa de retorno e de ressurreição. Espera do retorno na angústia do não retorno possível, espera impossível de enganar, paciência forçando a imortalidade".

nous" (Levinas, 1971, p. 233)[26], ou seja, na efetivação dessa negatividade do retorno tomado de toda a superfície cava em que o lugar do próximo se forma como esvaziamento, expressão da exterioridade e estrangeiridade. Diz-se um chamado acima do dado. Um chamado que não está no campo já lá, previamente colocado, imposto no comum, na partilha sempre comum. O que partilhamos da alteridade? Inaudito, poderia responder como o próprio da resposta, com um *entre nós* impossível anterior a todo chamamento. O mundo tomado como espectro da paciência que olha para bem longe da simples reação precisa ser exigido dessa alteridade tão próxima quanto desenraizada, tão fulcral quanto exposta ao perigo.

Uma partilha impossível risca - e arrisca-se. A palavra sendo já resposta porta o outro como subversão do em si. O que ela traz excede por chamar e, nesse sentido, é sempre já risco (que arriscas partilhar). Cumplicidade e clandestinidade do ser para o outro que "s'effectue dans l'inajournable urgence avec laquelle il exige une réponse" (id., ibid.)[27]. Ora, o que não pertence mais apenas ao dia, ao dia a dia, está sempre posto em estado de urgência, de exigência da predicação decisiva ao "é preciso", ao "deve-se", ao imperativo. A urgência, como que tomada de uma excepcionalidade, acontece e tem lugar, forma-se como uma espécie de efetuação, não de uma conclusão propriamente dita, mas de um cumprimento do apelo, ao apelo. Toda urgência demanda uma resposta, isso parece ser o cerne da urgência inabitual e inadiável. Trata-se de um presente que pressente o excesso e a exceção, a justiça como excesso e exceção. Esse pressentimento não implica uma letargia - a passividade nunca deve ser compreendida por esse viés - antes há aí um dever de resposta que faz do presente um remetimento puro, um arriscar-se desde o próprio do pressentimento, sempre inadiável e incalculável, quando chega. Comprometimento fulcral, o oco do não-lugar ausenta-se, inoperante a dar-se em comunidade. Vale dizer, talvez muito depressa - mas de modo inadiável - que se deve dar o nome, dando-se ao outro como resposta ao apelo, como um responder pelo ausente do próprio, do nome próprio que será inarticulado, em obra, em texto e em *frase*.

"Le poème va vers l'autre" (Levinas, 1976, p. 51)[28], de um súbito. É o próprio do poema ir. O poema como um direcionamento, como imediação ao outro, simultaneamente fazendo-se caminho, método e distensão. O poema que vai, em verso, ao outro é já a nomeação impossível dessa datividade, desse lugar em que o que se dá, doa-se como um estar defronte e diante do mundo. O poema é, nesse sentido, sua própria autoridade e destino, uma vez que se impõe sempre como o *verso* que *em direção* segue-se ao outro. A natureza do *verso*, assim

---
26 Tradução: "me chama, ao contrário, acima do dado que a fala já coloca em comum entre nós".
27 Tradução: "se efetua na inadiável urgência com a qual ele exige uma resposta".
28 Tradução: "O poema vai em direção ao outro".

como a natureza do que aqui chamo *frase*, é sempre um pôr-se-em-direção que não retorna a um princípio estático da forma abstrata denominada *poema*. A natureza do *verso* reveste-se da conjectura *frásica* e *anti-frásica* dentro da dinâmica de seus riscos, de suas possibilidades de apagamento e abandono, de surgimento, manifestação e escolha. E, se "o poema vai em direção ao outro", somente pode ali chegar pelo verso, pela direção que, de forma trópica, excede-se em regência e consumação, em montagem e desmontagem de suas representatividades. O *ir* do poema segue a regência não daquilo que, em ideia (ou em presença), é mandatário do universo de poeticidade, das potencialidades da retórica, dos instrumentos e motivos que guiam o modo de operação daquilo que se costuma chamar "o poema". O *ir* do poema segue uma regência que é atravessada pelo outro, por um *ir* que antecede toda colocação de palavra, todas as gramáticas retorizantes, toda instrumentalização técnica. O outro vivente é desde já. Ele existe desde já como potencialidade exterior e como impossibilidade – *a dýnamis* – de qualquer interioridade apropriante, apropriada de propriedade. O outro, portando uma liberdade que se faz *causa*, que se desprega de toda habitação, demora em sua anterioridade anárquica, em sua patência. Patência do próprio *ir* e de um chegar ao outro, de uma manutenção absoluta em separação e partilha. Se há essa ida ao outro não é que o poema pré-exista autônomo a sua própria alteridade, é que o poema, excedendo-se, deve ser ouvido como "un chant monte dans le donner, dans l'un-pour-l'autre, dans la signifiance même de la signification" (id., p. 56)[29]. Trata-se, portanto, de uma possibilidade de falar, de um outro que fala/canta no poema, desde já, desde sempre.

Desde a alteridade ausentificante, a *frase* torna-se puro risco e desse risco o dar da significância somente por fazer *ir* cada elemento *em direção ao verso*, no reverso do *verso*. Cada *frase* em cada *verso*, pois sempre se trata de uma fala. Uma verbivociferação do dizer, eis o não-lugar do poema – o não poema, o *Mein-/ gedicht*, *das Genicht* – sempre intermitentemente pronunciado, vocalizado, saído de sua amarra. Digo do que Augusto de Campos nomeou, para o *poetamenos*, como reverberação: "leitura oral – vozes reais agindo em (aproximadamente) timbre para o poema como os instrumentos na *Klangfarbenmelodie* de Webern" (Campos, 2006, p. 29). Disso equivale um dos grandes dilemas daquilo que nomeamos poesia ou simplesmente *frase*: o reverso da emissão não pode ser simplesmente o emudecimento, o apagamento da voz pelo silêncio, antes é um furto dado ao silêncio, uma re-orquestração colorida de timbres e elementos de escuta. E apenas por essa re-orquestração se pode tocar o sentido, fazer do mundo sentido e fim. Essa escuta, certamente, é já a forma diferencial das sobreposições e dos reenvios, do próprio apelo ao ouvido do outro, de seu canto latente. Reverberar significa tanto pôr a voz real em movimento quanto uma

---

[29] Tradução: "um canto ascende no dar, no um-por-outro, na própria significância da significação".

rearticulação escriptiva. O que está em jogo não é, evidentemente, um retorno ao império da *phoné*, antes existe uma rearticulação da corporeidade, da presentidade que se vai evadindo, pondo-se em defecção – muito ao contrário do argumento apresentado por Paul Zumthor em *Performance, recepção, leitura*, em que o elemento corporal estaria indissociavelmente ligado ao pessoal, ao fluxo de um sentido estabelecido, culturalmente; ou seja, no campo de sua imersão metafísica e preconcebida ("sem pecados") para o conjunto apaziguado de cultura – para deixar ao outro o espaçamento de seus timbres, para fazer do fantasmagórico – da espectralidade – o revelo do saber desde o outro, desde esse envio, desde o *verso* como envio. O paradoxo do *verso*, se pensarmos na revolução (e essa palavra não existe aqui sem uma atenção redobradamente semântico-sintática) da poesia concreta, é de que, como fala Décio Pignatari, "abolido o verso, a poesia concreta enfrenta muitos problemas de espaço e tempo (movimento) que são comuns tanto às artes visuais como à arquitetura" (id., p. 64). O *verso* existe para ser abolido – tal a rima, *aboli bibelot d'inanité sonore*. O *verso* abole-se a si, torna-se *frase* por destituir todo o sentido de hierarquia para assumir justamente sua propriedade – expropriante – de *verso*: incapaz de projetar-se como elemento apreensível pela lógica narratológica, pela lógica que não se exceda em música e canto. O *verso* se move para um tempo e espaço que são a própria diferença, o risco e suas áleas. Augusto de Campos solicita um agir de instrumentos para a experiência poemática. Falo aqui de uma dupla experiência, no mínimo: os poemas "risco" (1985) e "acaso" (1963).

Uma só frase? "Poesia é risco". Uma só *frase*? Um só *verso*? Três palavras, um traço. O poema inicia-se com um projétil[30]. Ele projeta-se enquanto *subjétil*, como elemento prévio e por vir, como puro golpe. A partir do protótipo que se lança em um conjunto de quatro lâminas acrílicas, cada qual com sua incisão gráfico-verbal – que precisa ser pensada dentro de uma articulação histórica no trabalho do poeta, em algo que vai da família tipográfica *futura*, como intensamente utilizada durante a fase ortodoxa do concretismo, até o desenvolvimento de um tipo-imagem que parte, ao menos, desde *o pulsar* (1975), ainda com incisões no interior da própria letra, até *sem saída* (2003), para se tornar uma espécie de assinatura-ícone do poeta[31] – em que constam em serigrafia branca sobre acrílico as palavras "poesia", "é" e "risco", com uma partição ao meio da quase-forma-geométrica que compõe o conjunto, seguidas de uma outra lâmina com um traço, como o próprio ícone do risco. As lâminas em acrílico possuem

---

30 De acordo com o poeta, em um primeiro momento, a ideia era compor um holograma, com o material em vidro. O resultado, mais estático e acrílico, tornou-se um poema-objeto. (Agradeço a Raquel Bernardes Campos que forneceu as informações acerca do aspecto compositivo e material do poema, diretamente da fonte biográfica).
31 Augusto de Campos a utiliza frequentemente não apenas em seus poemas, mas também nos links de sua página pessoal de internet, algo que tem se tornado como que um logotipo bio-escritural.

dimensões de 30 x 30 cm não intercambiáveis, distando 5 cm entre si encaixadas em um suporte em madeira para visualização multidimensional e altamente atravessada. Lentes de um sentido do mundo que se vai riscando, o *subjétil* põe à prova o modo de olhar o poema, o modo de o objeto operar o próprio verso, a espacialidade (e consequente temporalidade ali inscrita), em sua transparência, em sua reverberação viso-acústica. Um não-lugar *frásico* faz a definição do poema ser o próprio do poema, faz sua designação poemática surgir desde a dinâmica verso-temporal que o compõe para além do estatismo da folha, da solidez do branco da página, que é apenas sugerido pelo acrílico, pela coloração da letra inscrita. Exerce-se aqui uma espécie de gesto resistente, projetado (tanto arquitetural quanto arremessadamente) *sob* e *sobre* as potencialidades do dizer do poema. Se o conjunto diz algo, ele está proposto sempre nessa dupla operação que subscreve e sobrescreve o próprio risco de escrever, de poesia. Transgressão de limites, o poema-objeto é ele mesmo uma pele que sonda a figuração da sonoridade e verbalidade que, ainda aqui, está emudecida. O ver multidirecional figura uma espécie de paixão do gesto, da mobilidade necessária, da cinese desse espaço fundo sem fundo, dessa quase forma em que o outro é recebido em seu rastro. Há aqui uma encenação pensante, um acontecer que propõe a gramática de um *porvir* ao mesmo tempo sub-inscrito e sobre-inscrito. O caráter descartável de todo protótipo, de toda prótese, recebe um espaço expletivo e, ao mesmo tempo, disjuntivo. A borda da ocorrência do poema, não se limitando, portanto, ao uno de uma sentença que intentaria simplesmente *dizer* o que é um poema, risco, é excedida por sua patência poemática, pela mobilidade do gesto que sempre excede e exige a resposta desse outro a quem o poema se dirige, vai em direção, vai (em verso) em direção.

Uma só *frase*, e basta o sentido do mundo. O aspecto construtivo e minimalista do *subjétil* evoca o atravessamento de sentidos compostos pela própria natureza de uma *frase*, da única *frase* possível. Trata-se de uma predicação. Trata-se, logo, da relação entre argumento e predicado, entre entidades de inerência. Na estrutura [SN + VL + SN] cada um dos sintagmas pode ocupar um espaço outro, uma disposição outra, uma classificação outra e, logo, uma outra regência. Aquilo que diz ser uma frase, além das palavras em uma dada disposição, além de sua tessitura reconhecível na língua, é a possibilidade também de reconhecimento de seu estatuto oracional, em que nos é possibilitado até mesmo propor uma classificação da própria sentença, do verso como generalidade. É na estrutura sintagmática que se encontram todos os remetimentos de palavra, de elemento inerentemente verbal no poema de Augusto de Campos. No verso, "poesia é risco" – ou "risco é poesia" – temos, sem dúvida, uma predicação, intercambiável. É nesse sentido, então, que o que garante a frase como *frase* é sua impossível partilha, seu impossível *concílio*. A predicação se frustra imediatamente, sem mediações. Eis um risco da poesia, ser seu próprio traço e acaso. Enquanto se frustram predicado e argumento, o *verso* permanece se realizando, remetendo-se sonora, gráfica, semântica e sintagmaticamente. Suas camadas materiais são dispostas à maneira de impossibilitar quaisquer reabilitações da representação simbólica, o que equivale a dizer que o caráter primeiro, o caráter qualitativo da emissão sígnica, logo, icônico, é desdobrado, desenvolvido como própria matéria do poema, do poemático. A sentença assume seu destino de *des*predicação, de *in*argumento. O corpo da sentença se expropria da semântica potencial para disseminar um corpo único, acontecimental, articulado, no limite, com sua própria *subjetilidade*.

Se tendi tomar uma dupla regência desde o princípio é porque o *risco* consonante ao poema já fazia sofrer – demorava-se, portanto – nesse suplemento ao pensamento. A espectralidade de "risco" se conjuga, portanto, com um duplo caráter premente do verso. *De um lado*, seu caráter *axial e axiológico*, no qual a operação de eixo a eixo progride a uma valoração, a um aproveitamento estético da linguagem. É nesse sentido que a *frase* se faz conjurando sua grade paradigmática, conduzindo-se por um meta-poema intempestivo que o define e o indefine, que o diz sem pôr em dito esse dizer. É desse modo que o sentido constrói-se apenas desde um eixo de valor subjetivo, de um anteparo estético lançado ao acontecer representativo do conceito de "poesia" e de "risco". Poderia dizer que esse caráter axiforme da *frase* existe pela função do "é" inscrito como elemento de ligadura. É pelo verbo *ser* como articulador da predicação que o poema diz de certa *essencialidade* frasal do poema e, com isso, implica uma funcionalidade do dizer como frase e referente. No entanto, a função do é não pode ser apenas classificatória. Ele é ao mesmo tempo denotador, metafórico, ontológico. Operação que coloca o mundo em sua hipostasia linguístico-poética e, logo, articula a mera denotação de traçar a caligrafia do poema, de fazer o poema com letras sobre a folha; a relação de similaridade entre a chance, o acaso e o poema, no sentido, inclusive, de uma inscrição na série literária mallarmaica; até o aspecto ontológico do *ser* que implica a presentificação do que o poema é, do que o risco é, em suas intransitividades. Essa articulação ôntico-metafórica converte o poema em um problema de significado, na busca pelo querer-dizer da atividade sígnica. O poema seria, desse modo, índice da forma axial da linguagem e se remeteria a um outro com controle absoluto do dizer, por um dizer que seria altamente controlável, intencional, constatação. *De outro lado*, o *corte dinâmico* do poema expulsaria o sentido primeiro, desmantelaria a ideia de uma frase hierárquica, de uma abstração conceitual proporcionada pelo texto, pela emissão da própria predicação. Nesse ponto, o *verso*, como unidade diferencial, "hipostasiado se transforma numa imagem metonímica da vida como tal, tomada em si mesma e como substituta da pessoa viva – *abstractum pro concreto*"

(Jakobson, 1970, p. 68). É na hipostasia da vida que toda constatação se desfaz em poeticidade. O que chamo aqui de *corte dinâmico*, valendo-me da feliz expressão de Jakobson (que, por sua vez, o tomou de Spottiswoode), refere-se à construção por justaposição, pela quebra da sequencialidade narrativa, pela espectralização das analogias que implica e implode as similitudes, que produz propriedades da gramática que se esvaem aos poucos, aos olhos. O atravessamento da expressividade, nesse sentido, não pode ser considerado como uma parede a ser transposta. O atravessamento implica certa noção escultural do tempo, certa dinamicidade dos elementos que temporalizam o instante em um corpo literário, em um corpo que perfura a própria expressividade. A ligadura do é, nesse sentido, é realizada pelo próprio corte que ela proporciona, isto é, a aliança do *ser* da poesia se faz como justaposição de algo outro, de um ícone sobre ícone: do próprio assinar do poema. É o próprio Augusto quem alerta que a revolta dessa poesia se faz "contra a infuncionalidade e a formulização da linguagem. E contra a sua apropriação pelo discurso que a converte em fórmula" (Campos, 2006, p. 163). Dinâmica translúcida, "risco" é, como subjétil, laceração do significado que rearticula nossa inabilidade para superfícies outras da poesia.

As palavras que compõem o poema estão cortadas, seu acontecer é o do corte. Trata-se, como parece se evidenciar, de um espaçamento no interior da temporalidade do próprio poeta. A vinda do *ser* da poesia (do risco) vem como uma singularidade ou como um instante infinito de existência. Trata-se de um tempo composto pelo próprio tipo-imagem reiterado pela obra. Enquanto o corte dinâmico produz o excesso do caráter axial da linguagem, importa-nos notar a articulação tipografia, sentença, disposição e espacialidade. O protótipo é, assim, o proto-*typos*. O tipo primeiro que antecede a própria assinatura do poeta. O assinar de Augusto de Campos se faz por sua prótese de linguagem, uma *prótese de origem* que inscreve o todo de sua poesia como risco de assinar um nome ao poema, de predicá-lo, de dar o nome. Está aí o uso prototípico da escrita. Enquanto escrita, ela torna-se escritura. O nome dado a essa linguagem nunca é apenas dele, mesmo sendo-a. O risco do poema é um poema do risco, isto é, sua escritura assina o próprio fundamento da poesia como risco corrido, como prova almejada, como tracejado que não dissocia o tipo prototípico do tipo proteico. Não há, portanto, no dar o nome, distinção entre a mutabilidade da sentença quando ela recebe a intervenção da tipografia, da espacialidade e da grafemização e a sobrevalorização livresca do uso impensado do tipo.

Ainda Jakobson, pensando em Maiakóvski, diz que "em geral, o 'eu' do poeta não se esgota nem se deixa abarcar pela realidade empírica" e que "o 'eu' do poeta é um aríete que golpeia o Futuro proibido; é a vontade 'lançada além do limite derradeiro' para a encarnação do Futuro" (Jakobson, 2006, p. 14-15).

Um eu em porvir. Como o eu de Maiakóvski, o eu de Augusto se faz *frásico* para a encarnação de um tempo a ser superado, a ser destituído de sua realidade empírica e, logo, tornar-se o próprio poema. A articulação dinâmica da justaposição de lâminas acrílicas é reiterada pelo dispositivo gráfico do corte dinâmico sobre a letra, sobre cada trecho do texto que subtrai a inscrição dessa proto-assinatura. O traço, como quarta lâmina, pode ser lido duplamente tanto como o próprio *tracejado* que nega e interrompe, que corta, quanto como uma forma de completude dos cortes já realizados nas palavras, dos cortes ou dos esvaziamentos de letra que existem em cada proto-tipo. É assim que a poesia de Augusto se assina: um *eu* ao futuro, ao limite, ao extremo, ao fora. Como dinamismo de corte, o poema precisa, além de pensar as palavras inscritas, articular os *meios* em que o poema se dá, nomeia-se como poema. Esse aspecto não é irrelevante apenas se tomarmos o poema como um poema concreto, sua importância se faz pelo fato de haver, ao menos, três meios de disposição do poema: o protótipo acrílico (*subjétil*), a capa do CD *poesia é risco* (que o poeta gravou com seu filho Cid Campos) e a reverberação vocálica registrada nesse mesmo CD. Esses *meios* acusam uma origem da significância do poema tanto no sentido da objeção à sintaxe e ao estatuto prosaico-frasal da enunciação quanto das questões da técnica textual proporcionada pelo motivo centralizador daquilo que é "dito" pelo poema, por sua "realidade" enunciativa. A capa do *compact disc* apresenta gravados todos os elementos do protótipo: as palavras e o tracejado. A capa possui, acrescida, a foto do poeta sob o texto em branco "risco é poesia |". A contracapa, a foto é a de Cid Campos, com o texto em preto "poesia é risco |".

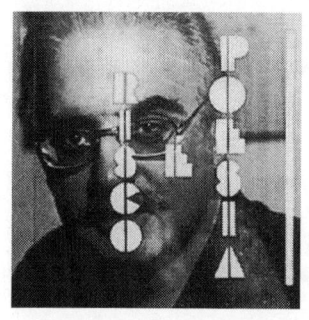

Em termos textuais, estão aí todos os elementos: as palavras, o tracejado e a tipografia utilizada, re-espacializada, inclusive. No entanto, importa-me pensar, para além do recurso de divulgação de um trabalho músico-poético, da indústria fonográfica, a necessidade de colocar-se uma fotografia, justo sobre esse proto-*typos*. Não sem expressividade, a foto precisa ser lida como parte do texto, do poema. Dois tempos, dois campos. O passado e o futuro da poesia, capa e contracapa. O eu-prototipado pela palavra é, por certo, um *profilograma* autobiográfico minimalista[32]. Um autorretrato que rasura o tempo, que o supera desde um ato assinalado, e que imprime sobre a linguagem o próprio rosto, o dizer insubmisso do próprio risco. Mais uma vez icônico, o risco risca a face. Ele é que está sobre o eixo central do rosto do poeta. A suposta representação dessa

---

[32] Penso na semelhança de procedimento, sobretudo com os primeiros *profilogramas* do poeta, compostos entre 1966-1974. Caso emblemático, e que me faz pensar aqui todo o tempo, é o *profilograma 2 – hom'cage to webern* (de 1972).

assinatura é, desse modo, um dos *campos* da exterioridade, ou seja, um risco lançado ao campo da poesia, ao espessamento da matéria prototípica que se anuncia agora para além da página, do acrílico, como voz e musicalização. A "poesia" enquadra o rosto. É ela uma espécie de *parergon* que se expulsa, que se tipifica pela verticalidade e abertura da palavra "risco", que assume todas as dinâmicas de sentido disjuntivas no poema. É a palavra que risca o rosto, que faz autorretrato do rosto, que assina o destino do poeta – daqueles que "*sie scheinen allein zu sein, doch ahnen sie immer*" (Hölderlin, 2008, p. 8)[33] – e o atravessa como história que vem, como forma de fôlego novo ao corte efetuado no centro da palavra, no cerne da representação latente que implica todo autorretrato como uma promessa, como um lançar-se – *como um projétil* – ao aspecto rasurante dessa rasgadura. O que se inscreve aqui é, sem dúvida, a destituição de todo objeto como mera objetualidade. Não se trata apenas de uma capa, de um encarte, antes se trata de um dobramento que forma corpo significante para esse eu do Futuro. Nesse sentido, sua figuratividade é sempre espectralizada, é ela o próprio do espectro (entendendo-se aqui toda a problemática de pensar o próprio no espectro). Poderia pensá-lo como pulsão inscriptiva que sulca objeto sobre objeto, uma vez que se trata de um atravessar do rosto, um atravessamento da própria poesia. O espectro, para ficarmos com Derrida, é "ce non-objet, ce présent non présent, cet être-là d'un absent ou d'un disparu ne relève plus du savoir" (Derrida, 1993, p. 26)[34]. Nada a superar de um saber, pois a presença calcula o ser como objetualidade, como instrumentalização de toda *Aufheben* possibilitada pela presentificação. A holografia desfeita do projétil, do poema-objeto, revela sua espectralidade justamente quando essa assinatura vem, chega a vir como ensaio à propriedade, ao dinamismo de impressão que persiste indecidível. O *campo* de clivagem do poema é o próprio do risco do poema, sua chance e sua rasura. Por certo, há aqui um eu plasmado e endereçado ao outro, pelo próprio rasgo da linguagem.

Martin Heidegger, em *Unterwegs zur Sprache*, diz:
> Chamaremos de rasgadura a unidade buscada do vigor da linguagem [*Die gesuchte Einheit des Sprachwesens heiße der Aufriß*]. Esse nome nos convida a visualizar com maior nitidez o próprio do vigor da linguagem [*Der Name heißt uns, das Eigene des Sprachwesens deutlicher zu erblicken*]. *Riß*, rasgo, é a mesma palavra que *ritzen*, rasgar, arranhar [*Riß ist dasselbe Wort wie ritzen*]. Conhecemos o "rasgo" comumente na forma negativa de uma fenda na parede [*Wir kennen den "Riß" häufig nur noch in der abgewerteten Form, z. B. als Riß in der Wand*]. Sulcar, abrir o campo ainda se diz coloquialmente hoje em dia: estriar, abrir sulcos e riscos [*Einen Acker auf-und umreißen*,

---

33 Tradução: "eles parecem estar sós, mas sempre pressentem".
34 Tradução: "esse não-objeto, esse presente não presente, esse ser-aí de um ausente ou de um desaparecido não supra-assume mais o saber".

heißt aber heute noch in der Mundart: Furchen ziehen]. Os sulcos abrem o campo de maneira a abrigar a semeadura e o crescimento [*Sie schließen den Acker auf, daß er Samen und Wachstum berge*]. A rasgadura é o todo dos rasgos daquele riscado que articula o entreaberto e o livre da linguagem [*Der Auf-Riß ist das Ganze der Züge derjenigen Zeichnung, die das Aufgeschlossene, Freie der Sprache durchfügt*]. A rasgadura é o riscado do vigor da linguagem, a articulação de um mostrar em que os que falam e a sua fala, o que se fala e o que aí não se fala, articulam-se desde o que nos reclama [*Der Aufriß ist die Zeichnung des Sprachwesens, das Gefüge eines Zeigens, darein die Sprechenden und ihr Sprechen, das Gesprochene und sein Ungesprochenes aus dem Zugesprochenen verfugt sind*] (Heidegger, 1985, p. 240)[35].

O que é alçado dentro da unidade da linguagem está aqui redimensionado para que seja possível reverter o estatuto do próprio vigor de linguagem, do próprio inciso da essência da palavra dita. Dito de outra forma, é apenas no chamamento, no ato nomeatório, que a palavra é capaz de mobilizar uma abertura do sentido, um deslizamento que, convidativo, demora-se sobre seu próprio porte de palavra e, desse modo, diz o tempo de sua inabilidade, de sua visualização enquanto puro risco. É a palavra que mobiliza todo o risco, o rasgo, o desenho, a abertura do sentido, e, a ela, Heidegger escreve *Aufriß*. Tomando-se as escolhas tradutórias – que vão da rasgadura a "*tracé-ouvrant*" (Heidegger, 1990, p. 23), em François Fédier; "*design*" (Heidegger, 1982, p. 121), em Peter D. Hertz; "*el trazo abriente*" (Heidegger, 1990), em Yves Zimmermann –, a abertura de sentido deve ser perpassada pelo desenho, pelo rabisco inicial, mas também por sua carga projetiva, por aquilo que no desenho soa como desígnio, por aquilo que no próprio signo é destino histórico, logo, demovência de sua presentidade. O tracejado do *Aufriß* implica, desde já, o trabalho de "risco", o trabalho do poeta que intenta uma grafia-total – um *holograma* – para lançar-se no propósito desenhado, rascunhado, posto em *cahier* à própria natureza da fala. Trata-se de projeção e também de armação projetiva, daquilo que, numa arquitetônica, é alçado e surge como aparecimento portado, portentoso. Assim, a unidade dita por Heidegger é antes um desdobramento buscado, uma instância dessa busca que guarda todo requerimento, toda fala endereçada (*Zugesprochenen*). A projeção, assim pensada, põe em relevância todo o mostrar da fala e, evidentemente, o poema assume seu desígnio indutivo. Se "poesia é risco", isso se dá por ser o próprio tracejado um rasgo naquilo que há de relevância dentro da linguagem, da concepção da própria linguagem como aquilo que se não diz e se lança como *dação* impossível. Aquilo que é requerido pela fala – mesmo que seja o ato comunicativo –, no poema, sofre e padece sua *relève*. Trata-se da fenda da presença a si que impossibilita toda restituição, desmistifica a formulização da linguagem,

---

[35] Igualmente vali-me da tradução de Marcia Sá Cavalcante Schuback, com adaptações em *A caminho da linguagem* (2003, p. 201).

impondo-se seu silêncio que, como diz Augusto de Campos sobre o silêncio em John Cage, "como dimensão estrutural do discurso musical, é fundamental em suas composições, nas quais sons e ruídos se integram sem qualquer hierarquia. (...) um modo de apropriação do acaso, porque, como realidade acústica, não existe" (Campos, 1998, p. 134). É desse valor de linguagem apropriativa, do risco como elemento composicional que o vigor e o desdobramento da palavra se fazem como clivagem de risco e poesia, do estatuto ôntico de sua *despredicação*. O que está aqui arranhado, riscado (*ritzen*) faz já palavra vocalizada, verbalizada. A silabação ao poema é uma forma de sibilação. Assim, inicia-se o registro do dizer de Augusto de Campos (1995). Quando pronuncia a sentença "poesia é risco", o poeta performa primeiramente um sussurro, que produz um desvozeado de todas as demais consoantes que não o arquifonema / S /. Esse rumor sibilino intenta, como primeiro passo – como palavra regente (a própria "poesia") – a neutralização consonantal em / z /. O murmúrio reitera-se até se tornar uma sibilação que colore e elimina qualquer possibilidade fonêmica de neutralização, uma vez que coloca a poesia em "risco", nessa fricativa alveolar desvozeada / s /. Do quase não-dizer do poema, do dizer poema, surge o risco silente, cada vez menos vocalizado da própria palavra "risco" – de sua emissão em ['risko][36] – que arranha e rasura a possibilidade de *dizer* a frase, de vozeá-la, desde um conjunto silábico que faz da [poe'zia] uma fenda exposta a seu próprio risco. Rasgando a palavra, a performance de timbres murmura a continuidade da própria poesia. Esse desvozeamento marca, parece-me, um afeto de escrita, a forma escritural da palavra rasurada do próprio risco (sobre a folha, sob toda superfície, *holo-grafia*). Tem-se o *Riß* do poema, o *Riß* começa o poema – nesse ponto, uma só atuação parece conduzir a sintaxe de Heidegger e Augusto de Campos: do *Riß* ao *ritzen*, da *poesia* ao *risco*, em ambos há a impossibilidade de neutralização, há a demora colorida de timbres, que pesca a isca de seu próprio *risco*.

A frequência de uma fala norteia ainda a ranhura sobre o muro, a fenda que se mostra como abertura e permanência estática. Seja o risco no muro, seja o poema no acrílico, trata-se sempre de um arrancar (*reißen*), daquilo que se abre violentamente (*aufreißen*) e daquilo que se derruba, mas também se esboça (*umreißen*). Aqui, mais uma assinatura. O nome do próprio sulco: *Acker*/Campo. Os campos são sulcados na poesia de Campos. Abre-se a boca e já há uma promessa arrancada desse nome que performa a própria linguagem *em ato*, em uma assinatura de cena que engaja essa palavra espectral, esse dizer do senso fora do senso. Digo de um desvio da charrua que se conduz pelos campos que são desbravados e revolvidos (como diz a tradução francesa). É nesse sentido que o poema torna-se gravura de um tempo, da própria semeadura sígnica que faz a

---

[36] Com o último fonema insistentemente marcado pela leitura vocalizada do poeta.

voz calar – desvozeando-se a todo instante – e falar – pelo quase canto da reverberação webern-cageana desse atravessamento. Os sulcos abertos (*Furchen ziehen*) fazem da fenda um abrir (*aufschließen*) e fechar (*schließen*) do sentido do campo. Semear o sentido no rasgo é ao mesmo tempo abrir e fechar o poro da aporia, o fazer abrir de uma decisão. Na mesma composição se mostram o abrir (*Aufschließen*) e a rasgadura (*Auf-Riß*), dirias talvez que essa abertura dá liberdade ao dizer do poema que se consubstancializa como o isso da poesia, como a formatividade de sua *incondição*. A fenda se abre justo no ponto em que ela pode ser arriscada, rasurada como fenda a passar a abertura, ao buraco. É assim, pelo rumor da vocalização, que "risco" se faz como articulação do todo dos riscados, como ícone que rasura a própria voz. O campo arado é a liberdade promovida por Campos. O A*cker* de Augusto de Campos recrudesce diante desse AC que trinca todo o saber sígnico, todo o mostrar da linguagem, por um espargimento de sons quase translúcidos, quase inoperantes.

Se tomarmos todos os sulcos de AC, teremos ao menos dois processos fundamentais de sua textualidade. *De um lado*, o campo anagramático que faz da sentença um *verso*. O feixe vocálico do poema é rigorosamente trabalhado, sofrendo apenas uma flutuação de transmutação tímbrica: / o-e-i / > / e-i-o /. Essa transformação tem dupla função. Ela é marca sintagmática do elo que analogiza poesia ao risco, no sentido de aglutinação da instância verbal como parte integrante da musicalidade do poema. E, ao mesmo tempo, ela marca a similaridade de formantes vocálicos que encetam e concluem o poema (o > o) e a reiteração das instâncias potencialmente variáveis do interior do verso (ei > ei). Desse ponto de vista, o jogo anagramático produz uma cena de dissimilação, de heterogeneidade apenas do ponto de vista formante, ou seja, da inicialização da vocalidade e de seu término. O princípio que é um fim, um o que produz o *campo* de semeadura do próprio risco no falado (*Gesprochene*) e no não-falado (*Ungesprochene*)[37]. *De outro lado*, o campo fonético-fonêmico que arrisca mais uma ranhura. Como forma aberta, o poema vocalizado é repetido pelo poeta de diversas formas, quebrando a própria noção hierárquica da regência livresca. Valendo-se apenas de duas delas, teríamos algo como [poeˈzːia ˈɛ- ˈrisːku], com dois processos de ligadura, três acentos, dois alongamentos e um semi-alongamento que fazem com que a *frase* apenas possa se dar como continuidade do sussurro inicial do poema. Ao contrário do método comum da língua portuguesa, o poema "risco" não se vale da natureza vocálica da sílaba (entendida como instância fonêmica). O poema é composto a partir de uma aflição sibilante que sustém o próprio poema. Poderia ainda dizer que o arqui-fonema / S / é a base em que a acústica do poema se faz para que a articulação morfológica (anagramática) possa colorir a sentença. O campo falado aqui é de um prolongamento

---
[37] Impossível não lembrar aqui da dinâmica insurgente no poema digitalizado "SOS".

fricativo-alveolar e, com isso, o processo de elisão se faz de modo polifônico: tanto por sua qualidade silábica (pelo encontro vocálico) quanto por sua quantidade de emissão de som (pelas ligaduras e alongamentos, em *mácrons*). Ainda, produzindo a própria fenda, o poema termina com a seguinte vocalização: [poe'zːia 'ɛ-ˌɾr]. Aqui, também um duplo elo. Ou o poema passa à ontologia do poema: "poesia é", ato intransitivo, risco ao fim do poema, ao fim da linha, do risco. Ou o poema sopra, ainda uma vez: "poesia air". O ar último de quem não escreve sem desenhar. Poesia é isso - outra *frase* passível de ser ouvida nesse feixe - articulação do desígnio com o acaso, mostração indissociável ao outro, a quem a palavra é endereçada, a quem o aspecto intransitivo da forma da fala faz *de-sign* e, logo, projeção, alçadura (*Aufriß*).

Não se trata, como parece querer dizer Heidegger, de um mero fazer-aparecer da *frase* sobre as distensões da voz. O som aqui é aquele que faz do risco uma outra forma de traduzir *trace*. Se a *Aufriß* bem traduz o *relève* da própria *Aufhebung*, o *Riß*, no espaço em que ele possa dialogar com o *Spur*, pode tomar parte do rastro. Se há, portanto, sublevação ao rastro, há risco do outro, corre-se o risco dessa visitação sem retorno em que o acaso insere-se na história do rastro, na história do outro. Diria, ainda que de modo oblíquo, que a impressão desse acaso se faz desde a natureza da linguagem entendida - escutada, seria melhor - como processo de diferenciação, como melodia-de-timbres. Arrebentada a fenda, fecha-se sobre nós o lugar da aporia. Fenda à apropriação, o poema coloca-se como ruptura de toda unicidade do vigor da palavra. Como risco do outro, o poema sobrevém e permanece chegando, como rastro - não como sombra de uma realidade fenomênica - e, desse modo, corre sempre o risco da história. Todo vicejamento de propriedade contido no caminho da linguagem de Heidegger cede à nebulosidade do acaso, às áleas espargidas por um outro que se põe diante, implica a "turgescência da responsabilidade".

Em conversa com Augusto de Campos sobre os problemas de tradução da poesia concreta, o poeta alertou-me para duas traduções do poema "acaso" (Campos, 2000, p. 117). Dois acasos fulgurantes para o risco do outro.

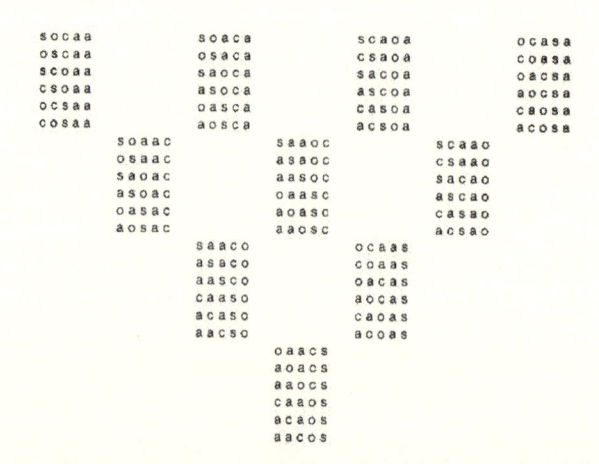

```
socaa         soaca         scaoa         ocasa
oscaa         osaca         csaoa         coasa
scoaa         saoca         sacoa         oacsa
csoaa         asoca         ascoa         aocsa
ocsaa         oasca         casoa         caosa
cosaa         aosca         acsoa         acosa

       soaac         saaoc         scaao
       osaac         asaoc         csaao
       saoac         aasoc         sacao
       asoac         oaasc         ascao
       oasac         aoasc         casao
       aosac         aaosc         acsao

              saaco         ocaas
              asaco         coaas
              aasco         oacas
              caaso         aocas
              acaso         caoas
              aacso         acoas

                     oaacs
                     aoacs
                     aaocs
                     caaos
                     acaos
                     aacos
```

A *tetradécada* que compõe o poema parece ser o oposto de qualquer acaso. Dirias que os órficos não estavam submetidos à *Týche* em sua busca ensandecida pela música das esferas. O poema compõe-se por permutação das cinco letras da palavra "acaso", seguindo uma ordem alfabética, sendo já elas uma tentativa de pôr a mão no controle do acaso – como me sugeriu o próprio Augusto. A disposição entre retangular e triangular dá forma ao triângulo isósceles de razão quatro. Dez são os retângulos que substituem os pontos da *tetradécada* clássica. Ora, o poema lida com uma tópica matemática e entrópica que pretende seu contrário, sua "fratura ex-posta" (como viu Cabral), pretende um caos deliberado – um voo e um sopro que se furtam em vestígios de uma alteridade vocalizante do espaço escrito para fora de si mesmo. A estrutura construtiva do poema minimaliza a própria distensão do acaso, como campo caótico, como reverberação emudecida, como visualidade extensa. Em termos da linguagem endereçada ao outro, as duas traduções lançadas ao acaso tornam-se articulações – para o francês (por Jacques Donguy) e para o alemão (de Simone Homem de Mello) – que rasuram a própria tarefa do original em português. É válido lembrar esse "pôr a mão no controle do acaso" para se imaginar a difícil tarefa de traduzir um poema de uma só palavra permutada. Toda concentração deve estar na síntese letra a letra, reiteração, palavra em sua unidade e ainda efeito reimaginativo na língua de chegada. Nesse sentido, a palavra escolhida, além de poder significar "acaso" (ou se remeter a ele), deve ter cinco letras, duas delas repetidas, para que a permuta produza uma mesma imagem e possa seguir o padrão permutativo alfabético. Assim, a solução de Donguy é uma quase intradução. A escolha foi pelo vocábulo plural *aléas*. Reconsiderando o acento tônico, tem-se a mesma palavra portuguesa e, logo, preservação semântico-sintagmática do poema. Já a solução alemã não se valeu de uma fidelidade semântica. A escolha foi, acordada com o próprio poeta, por *Leben* (vida). Inscrição do próprio acaso na vida – helenismo euripidiano. A dimensão morfológica dessa palavra, se permutada, produz ainda uma outra, *Nebel* (névoa). Vida ao acaso, destino lançado – *les jeux sont faits* – o vago (*nebelhaft*) da vida no vazo do mundo. É o acaso tomado como névoa do outro, como álea dessa visitação ao rosto, em que o retorno é impossível, improvável. O *verso* traduz-se como risco do outro, outra forma de traduzir *trace*.

❖

Comecei com a dupla hermenêutica, talvez pudesse tê-lo feito em duas linhas. Começaria apenas com duas linhas. O que em português se diz *versos*, no plural. O que já é mais de um, a apontar uma direção, a fazê-la *em direção a*, ao plural da história tomada como destino. Ali onde o *risco* dos campos se torna o *hilst* dos cantos. Ali onde toda *saudação* já foi sulcamento e, logo, risco do outro.

Penso já ter começado a traçar o rastro do outro, em duas linhas. Sim, pois já há um endereçamento, um lançar bem diante desse limite, o dizer. Dito assim, sem outro modo:

> Teu rosto se faz tarde
>
> Sob a minha mão (Hilst, 2002, p. 97).

Talvez já muito tarde. Há sempre uma tarde sem fim na fome do outro, sua proximidade espessa. No toque, no tato do outro, o sentido do que faz fome se *faz tarde*, a quem esperas. Espero também um caminho que seja, ele mesmo, a distância e o descarte; a fundura de um limite interminavelmente imprevisto, saudação e cumprimento. De sombra imprevista, essa mão sempre outra do escritor e do pensamento. Aguardas, como tudo o que precisa ser guardado – as coisas da casa, as formas íntimas, suas fórmulas, um segredo. Guardas porque manténs o espaço infinito do que está sempre *sob a mão*, sob o *minha* da mão, na propriedade do mais abaixo – essas linhas que talvez tenham, portem o destino (*Geschick*), a história (*Geschichte*)[38] – um sempre som muito mais baixo, quase mudo. O rosto faz, faz-se. Ditas como uma máxima arranjada na garganta. Trata-se de um cantar, um cantar a fome de ti, do ti. Mas sempre muito tarde, lá quando o poeta – a voz aqui é *coreográfica*, logo, feminina a seu estilo – já precisa – deve mesmo, é seu imperativo – calar. Tem-se o tempo do rosto sob o espaço do toque. Uma tangência ao impossível da palavra, da necessária palavra da fome, isto é, quando o poema precisa dizer fome para mapear a "planície dos dedos" (id., ibid.), que diz o rosto já sem tempo, infindo, apenas rosto, teu rosto.

Talvez já seja muito tarde para dizer que é preciso guardar segredo, admitindo-o como uma marca no caminho. Assumindo todos os *riscos* em se guardar, em manter silente uma dada liberdade, a palavra de teu rosto desfaz a totalidade, desdiz a finalidade, impõe um éros que chama sua filiação – sem dúvida aquela de Pénia, pois daí que parto – e por um só golpe, em um mesmo destino, suspende a mão, interrompe-se cumprindo a aliança tênue do dom, do elo que não apenas reconcilia. É nesse guardar que se encriptam as linhas de inscrição do tomado vivente, do ser enquanto tomado vivente e não em seu fingimento absoluto, em sua confusa incorporação do em si. Sempre silencioso, o poema produz equívocos e se produz na equivocidade que surge na imagem do conjunto de *nosso mundo*, do mundo de semelhanças em que tudo finda na imagem do próprio mundo, do próprio do mundo. A palavra, que o rosto não diz, é dita pelo canto frontal, pela ação da poeta que se impõe, desse dizer que ama, e faz amar um *tu* já muito tarde, precisamente pintado, detidamente constante. Trata-se sempre daquela que vive do amor – que "visa Outrem, visa-o em sua

---

38 Como, em *Dizer da aporia*, já ensaiei mostrar o sentido da história e do destino no enviar (*schickten*) heideggeriano da disposição como expensas da lógica da técnica, como espaço aporético de sua definição.

fraqueza" (Levinas, 1971, p. 286) - pela carícia, que suspende e faz perder - no porvir - o sujeito que a faz. O outro em sua radicalidade é a tarde implicada desse *eu* que precisa continuar a dizer, mesmo que a cada linha termine por se emudecer, por impor um fim - infinito - para sua história, sempre sem retorno, sempre esquecível. Há o outro, essa constatação sobrepuja a ação, faz todo ato. No entanto, só há o outro fazendo-se(-te) tarde (e noite), diante disso que se esconde mais abaixo do próprio, diante então do que não pode mais ser próprio, por escondido, já muito distante - lá, adiante, *très-haut*, talvez - na diferença interminável e intermitente dos corpos, desses corpos que a linguagem precisa ainda dizer, em sua axiologia.

Esse *eu* que diz do rosto é ele também secreto e outro, logo uma forma oblíqua de paixão, um dizer que somente pode ser já uma mortalidade, a mortalidade dada do próximo, da alteridade. Diz-se desse instante de desaparição no qual o outro está sozinho a viver: a morte. E, é a obra que, com diz Blanchot, "ne témoigne que de la dissolution de celui-ci, de sa disparition, de sa défection et, pour s'exprimer plus brutalement, de sa mort (...): mort qui ne peut donner lieu à un constat" (Blanchot, 1983, p. 86)[39]. Um tempo outro, lançado ao morrer, à defecção do sujeito, é diferido por essa figuração, *sob as mãos*, nos *dedos*. Aquele que morre na obra é, sem dúvida, o temente de uma morte "após uma longa frase" - e "poesia é risco" é uma longa, talvez infinita *frase* arriscada -, aquele que, ao esperar pela morte nos limites de sua verdade, de morte, pode apenas pensar que "l'attente ne peut être tendue que vers l'autre et l'arrivant" (Derria, 1996, p. 117)[40]. Onde o dizer da morte - e, logo, seu próprio morrer - deve, na impossibilidade, dar-se simultaneamente - "nous nous attendons à cette anachronie et à ce contretemps" - num impossível encontro nessa fronteira dos amantes, quando éros se instala pelo sentido da alteridade, pelo sentido último, aporético do amor - "l'un et l'autre n'arrivent jamais ensemble à ce rendez-vous et celui qui y attend l'autre, à cette fronteire, n'est pas celui qui y arrive le premier ou celle qui s'y rend la première" (id., p. 118)[41] - em que um verá o outro morrer, em que um precederá o outro na morte, onde a chegada significa um direcionamento à, uma emissão. Onde o dizer encontra sentido alhures, onde ele seria um sentido "para além da essência" (como parece sugerir Levinas [1978, p. 104]), logo, um sentido do presente que chega antes e diante daquele que se porta sob o limiar da mortalidade. A essa constatação do sentido

---

[39] Tradução: "não testemunha senão a dissolução deste, sua desaparição, sua defecção e, para se exprimir mais brutalmente, sua morte (...): morte que não pode dar lugar a uma constatação".
[40] Tradução: "a espera não pode ser mantida senão em direção ao outro e ao chegante".
[41] Tradução: "nós estamos à espera dessa anacronia e desse contratempo (...) um e outro nunca chegam juntos a esse encontro e aquele que aí espera o outro, nessa fronteira, não é aquele que aí chega primeiro ou aquele que aí retorna primeiramente".

da presença, toda carícia pode fazer-se esperar. Esperar tendo já chegado – passado os umbrais da morte.

Trata-se, efetivamente, de uma carícia. Como propõem as notas filosóficas de Levinas a Éros: "la caresse est un mode d'être du sujet où le sujet est dans le contact d'un autre, vu au-delà de ce contact (...). Le mouvement interne de la caresse est fait de ce dépouillement renoncement du moi à son ipséité, de sa confusion avec le toi" (Levinas, 2013, p. 177)[42]. O intento aqui é o de pensar a partilha – a marca do elo e da ligadura – desse movimento interno que faz o eu renunciar sua ipseidade. Pensar a partilha do ponto de vista da radicalidade operada pelo outro no tempo, na representação e, logo, em suas impossibilidades de presença a ti. Por certo, em duas linhas, como em duas palavras, a economia da carícia faz contato – comunhão é a palavra de Levinas – em que a espera é já extensão, ternura, dispêndio incalculável. O despojamento é rasurado pela renúncia, seus riscos são os de justamente confundir a "brutalidade e a solidez de um objeto físico", a pele, com o rosto que fala, que diz certo sentido dessa partilha impossível, dessa temporalidade incontornável do eu diante do tu, dois sujeitos que, oblíquos, tornam-se responsabilidades. Os dois versos de Hilst saúdam uma passagem da carícia, seu atravessamento. Três marcas subjetivas dão ao dizer esse passamento desde o limiar: *teu* rosto, *se fazer* e *minha* mão. O que repousa sobre esse si neutralizado faz tensão entre o ti e o mim, entre as posses dessa paixão oblíqua do tempo. É o tempo que se faz aqui. Ele faz tarde, faz-se tarde, já muito tarde – em seus despojamentos. A paixão entre o rosto e a mão faz segredo, demora-se como anúncio de uma brutalidade da carne – mão sobre o rosto, toque, tato, gosto. Para além de uma experiência, a carícia nos dá um "non-moi amorphe [que] emporte le moi dans un avenir absolu où il s'évade et perd sa position de sujet" (Levinas, 1971, p. 290)[43]. Há aqui, sem dúvida, algo de extraordinário, uma vez que a amorfia da mão rescinde o próprio do sujeito, vai em direção a isso que é definitivamente o rosto. Lançado no porvir, o fazer do tempo do outro faz do presente (de outrem) a impossibilidade de todo presente (a si). Sempre fora de si, fora do mim, um fazer se faz rosto – uma *poiesis* se faz *éthos*. Não se trata, portanto, de uma relação sujeito-objeto. A comunhão, de fato, partilha o impossível: o que é *teu* do rosto estende-se ao *meu* da mão. Só tarde o teu rosto se faz em minha mão – o rosto que faz a própria tarde sob minha mão. Daí os esconderijos todos para onde escapam todas as solicitações, todas as fendas, ali onde há "uma fenda que assumiu o risco de ser reenviada à materialidade acústica do *Unheimliche* de seu rumor, uma experiência poética

---

[42] Tradução: "a carícia é um modo de ser do sujeito em que o sujeito está no contato de um outro, visto além do contato (...). O movimento interno da carícia é feito dessa despojamento renúncia do eu a sua ipseidae, de sua confusão com o ti".

[43] Tradução: "não-eu amorfo [que] leva o eu a um porvir absoluto no qual se evade e perde sua posição de sujeito".

limite" (ver capítulo "Uma interrupção pensativa – Derrida diante de Celan", p. 19-33, desta obra).

O poema excede-se ao ser a própria carícia, sensibilidade última de secretos sinais. No cantar XVIII, Hilda Hislt propõe uma fome:

Para tua fome

Eu teria colocado meu coração

Entre os ciprestes e o cedro

E tu o encontrarias

Na tua ronda de luta e incoesão:

A ronda que persegues.

Para tua sede

As nascentes da infância:

Um molhado de fadas e sorvetes.

E abriria em mim mesma

Uma nova ferida

Para tua vida (Hilst, 2001, p. 51).

Essa fome a tudo excede em carícia. Trata-se sempre de endereçamento, sempre de um *para ti* que se envia, aberto às sombras desse labiríntico porto da memória, das nascentes da infância, do porvir condicional da abertura. Sem antecipação, o poema acaricia (a cara) em busca de uma liberdade que é ela mesma a abertura, a fenda nova para a doação da vida ao *ti* que, faminto, faz do *eu* pura relação. O poema acaricia essa emissão, esse suplemento de fome, sede e vida. Para *ti*, paro o *teu* ti. Assim, como resposta por vir, o poema lança-se ao futuro do gesto, à atenção da reação e da resistência para uma tensão de rostos estendidos sobre a necessidade, esse mutismo que encerra o sujeito e forja uma loucura de decisão, sobre o rastro do outro. A caoticidade do *verso* faz fome que renuncia entrar em ação na história das promessas. Trata-se, pois, de uma operação, essa de estar diante de *ti* – na outra fenda da presença a ti – e decidir em apenas dois movimentos ("teria colocado" e "abriria") em direção à fome e à vida, que são tuas. O sujeito procura talhar duas figuras corpóreas com essas estrofes: o coração e a ferida, a fome do dar a morte pelo outro. Nessas duas medidas, um liame esfarrapado pende para fora do autêntico, do tempo autêntico que corta e atravessa as figuras do poema. Em um gesto de carícia, toda a necessidade em suprir a fome do outro, ao colocar e abrir suas *incondições*. Para a sede do ti, nenhum verbo. A elipse aqui resvala no instante de tempo que a sobrevivência é capaz de dar, de fazer ocorrer: as ficções da infância. Pelo face a face, ocorre o "accomplissement même du temps" (Levinas, 2011, p. 69)[44] e aqui o cerne inverso da carícia, ou a presunção daquilo que se expõe à exterioridade: a violência, sem projeto, sem distinção. O caráter elíptico do verbo - que deveria existir - da quarta estrofe se faz como uma partilha entre o *eu* e o *tu*. Trata-se de uma responsabilidade e, logo, de uma exposição ao perigo, ao face a face que diz de um tempo por vir, de um ocorrer que ainda não se fez tempo para a fome. A carícia, essa expressão do amor - como toda *expressão* -, é aqui justamente a sofrência do dizer, a incapacidade vívida de apreender a necessidade do outro, de incorporá-lo, de tomá-lo em si. É por isso que o *eu* apenas cria hipóteses de sua ação, apenas as figura na ferida já aberta sobre a vida do outro. O que anima então essa necessidade infinita? Dirigindo-se ao mundo, o sentido é um fim dotado de por vir, de estatuto acontecimental e pático. Não se vive pela sede, pela fome, *vive-se por*. Essa abertura do ser-para-o-outro dá, é um "nourrir la faim de l'autre de mon propre jeûne" (Levinas, 1978, p. 94)[45]. Existe algo aqui da sensibilidade da expressão que não se exprime senão como infinito, como vida lançada a essa abertura, ao abismo da alteridade. Fome emprestada à língua, incoesão dessa fenda que excede o tema, o motivo e suas significações. Fora do Dito, a fome não come, mas porta um coração e persegue sua *incondição* de jejum, de tempo doado. Tens nesse instante a própria saudação, *hilst*, do nome. Ao perfurar o sentido, "a fenda da alteridade se apropria da fenda do poema e, ao tê-la em posse, nomeia-a propriamente, não para significá-la, mas para subtraí-la a um regime de sentido, extraí-la de sua língua de origem" (ver capítulo "Uma interrupção pensativa - Derrida diante de Celan", p. 19-33, desta obra).

"*Je vaux pour l'autre*" (Derrida, 1974, p. 25)[46].

O outro nessa ferida aberta à vida possui valor de quiasma. O inciso silente do poema corre um risco ao se deixar à prova do acaso. O outro é sempre um nome que não se diz, que nada diz, talvez. Valho-me por outro, pelo outro, quer dizer de uma natureza do nome, o próprio cerne do apelo. Há, nesse sentido, além do chamado, a assunção do contemporâneo, como acesso a outrem, como rascunha Levinas, como revelação a ele, no momento em que "en me posant j'ai quitté le secret, je suis pour mes contemporains" (2013, p. 189)[47]. Destituo-me da expressão mais secretamente guardada e me faço ato público. Minha econo-

---

44 Tradução: "própria realização do tempo".
45 Tradução: "matar a fome do outro por meu próprio jejum".
46 Tradução: "*Eu valho para o outro*".
47 Tradução: "colocando-me eu abandonei o segredo, sou para meus contemporâneos".

mia se demonstra como valor *para o outro*. Por certo, na distância infinita dessas duas figuras – da tarde que se faz entre a mão e o rosto –, minha lei doméstica é denegada, destituída, torna-se *a*neconômica à sincronicidade do tempo, às condições impossibilitadas do cálculo. Valer-se por outro apela e nesse chamar, dá. Atravessamentos e partições, o segredo do poema jejua o encontro do tu, excede-o em fome para que sejam possíveis as rondas perseguidas pela voz da distância. Partições, o rastro do outro se faz como absoluto, como tomada terminantemente segregada, separada, distinta, toda outra. Todo risco é qualquer e absolutamente um risco.

Ao que queria saudar – *hilst* – como aquilo que Levinas, bem antes de Derrida, chamou rastro do outro. Como experiência sem conceito, o rosto infinda-se em rastro, desloca-se mantendo e sustendo-se sobre a existência sem retorno. O porvir dessa saudação é uma visitação sem retorno, a marca do abandono do outro, da partida como experiência sempre heterogênea contra o idêntico. Lembres as figuras de Abraão e Ulisses. Eles são colocados em oposição por Levinas, em "La trace de l'autre" (2010, p. 267), justamente quanto ao ponto de retorno incessante do herói grego e ao impossível retorno do herói judaico. Sem reciprocidade, Abraão movimenta-se como forma de quebrar a lógica do Mesmo, como o estabelecimento de uma relação que não pode afirmar-se na redução ao idêntico. A "alergia do outro", sentida pelo Ulisses de Levinas, revela a *ingratidão* do outro e exige um retorno sempre mesmo à ipseidade. Ora, cabe perguntar o que Levinas não leu em Ulisses. Esse retorno odisseico à ilha, à terra natal e prometida pelos deuses não se configura apenas como a busca pelo já conhecido, pelo calculável, pela mesmidade da identidade nacional. Ela possui ao menos duas outras leituras. *Primeiramente*, Ulisses retornará sim para suas vinhas, para suas ovelhas e esposa, para o lugar em que o carvalho faz seu leito, mas precisará regressar sob duas modificações: o disfarce e a potencial guerra civil que teima em se instalar na Ítaca acéfala. Sob disfarce, apenas o cachorro o reconhece, somente o rosto da alteridade radical é capaz de dizer o tempo que se passou até o ali, até aquele momento, que é também o de sua morte. É sob disfarce que o herói retomará o palácio e a esposa. Sua nudez é apenas possibilitada *a posteriori*. E, ainda, o resultado do massacre dos pretendentes é a instabilidade política da ilha, apenas amainada pela intervenção divina de Palas. Esse espaço ao qual Ulisses retorna – lugar reconhecido da familiaridade, do velho pai, da esposa e da descendência – é o mesmo que Ulisses deixou? Não apenas o tempo está aqui em questão – muito embora sejamos forçados a lembrar, todo o tempo, da promessa de Calipso da *athánatos* – mas as divergências entre moradas assumidas desde Troia: seja em Ogígia, com a ninfa Calipso, seja na Feácia, com a princesa Nausícaa. A escolha do retorno de Ulisses é uma escolha pela mortalidade, pela guerra e pela potencial infidelidade. Para que o retorno seja possível, como busca do mesmo, é preciso que, como apontou Italo Calvino, o caminho não seja esquecido, que o nome do herói não seja esquecido e que sua fama possa construir uma narrativa que goze de seus triunfos imediatos, de suas retribuições mais evidentes. A chegada do Ulisses homérico é, claramente, tudo isso! Absorve-se de uma experiência homogênea de seu próprio, da propriedade de seu discurso. No entanto, o poema finda aí: na paz reestabelecida para o reino. O poema não termina com a glória do *polúmetis*, mas com a intervenção da mesmidade sobre todo o drama que Ulisses deveria viver pelo outro. A deidade grega restabelece a ordem que poderia ter sido estabelecida desde o começo do poema! É a plurivocidade das narrativas de Ulisses que impede uma herança alérgica ao outro, são as narrativas - que Atena não pode conter - que participam a tradição desse canto, é o *restante* do poema, e não seu epílogo, que faz de Ulisses um retornante que se envia, que se endereça ao outro[48]. *Ainda em outro sentido*, apenas a narrativa homérica termina nessa paragem que é Ítaca. Ulisses está fadado por história e destino a morrer no mar. Se há uma habitação, um ser de Ulisses, essa está no mar. Nesse sentido, sim, Ulisses retorna ao mesmo, mas um mesmo atravessado de bordas e limites. Sobram apenas espectros daquilo que foi o herói. Tendo ultrapassado o *finismundo*, Ulisses perde-se na história marítima como um náufrago, sem morada, demorando-se. A terra prometida do herói é, ela mesma, sua ligadura com o desconhecido, com aquilo que resiste ao Um, a Ítaca, faz *frase* de sua história. Ele, como o Abraão de Levinas, também renuncia "à être le contemporain de son aboutissement" (2010, p. 267)[49]. O necessário esquecimento é o que Levinas não leu em Ulisses - aliás, é o que a tradição messiânica não pôde ver nele -, talvez por fazer exceder toda responsabilidade em uma alteridade mais que radical, absoluta.

A *visitação* da epifania do rosto fala. E falar é "cette façon de venir de derrière son apparence, de derrière sa forme, une ouverture dans l'ouverture" (id., p. 271)[50]. Essa abertura antecedente a toda inscrição subjetiva é um conjunto de miséria do próprio rosto, de sua fome, na medida de sua súplica, de sua responsabilidade onde "l'Autre m'interpelle et me signifie un ordre de par sa nudité, de par son dénûment" (id., p. 273)[51]. Levinas lê um Abraão da gratuidade, da graça, do não retorno; um Abraão da partida que se desnuda na interpelação de Yahweh, em sua imposição de lei. Se Abraão fala, isso se faz apenas como respeito ao todo outro absoluto, a um dizer ao qual ele não pode se furtar. Mas o fato é que, diante dos seus, Abraão se cala. Esse calar é portentoso de historicidade, ele não cala propriamente, ele guarda segredo - mesmo para Isaac, que obtém

---

48 Desenvolvi, de modo outro e mais pormenorizado, esse aspecto em "Da herança do outro na narrativa homérica" (2009, p. 115-127).
49 Tradução: "a ser o contemporâneo de seu desfecho".
50 Tradução: "esse modo de vir detrás de sua aparência, detrás de sua forma, uma abertura na abertura".
51 Tradução: "o Outro me interpela e me significa uma ordem por sua nudez, por seu desnudamento".

uma resposta: deus provirá. Como diz Levinas, o rosto entra no mundo por "uma esfera absolutamente estranha – dito precisamente, a partir de um absoluto" (id., p. 272). O que Levinas leu em Abraão revela-se nesse campo decisório pelo absoluto, no qual o *eu* perde sua soberania, e é isso que não se pode esquecer em Abraão. Para além de qualquer fenomenologia, a alteridade absoluta, que faz rosto, é rastro. O rastro "signifie en dehors de toute intention de faire signe et en dehors de tout projet dont elle serait la visée" (id., p. 279)[52]. Do passado revoluto, a ausência desde o rastro está exposta ao fora de toda revelação, de tudo o que possa indicar, significar uma equivalência.

A responsabilidade para com a epifania do outro não residiria em um Um? Em uma resposta, ao menos, é preciso resistir ao Um. Como em uma *frase*, todo o risco (a correr, a incisar): "eis-me aqui". Quiasma. Assim Levinas termina seu texto sobre Derrida. O quiasma é a marca de uma espacialidade, da *khôra* intraduzível, e, desse modo, faz do pensamento o lugar de onde se deva partir "de l'abîme en condition" (Levinas, 1976, p. 66)[53]. Trata-se sempre da "poesia de Derrida", naquilo que o próprio – não sua homogeneidade, mas ele mesmo – apresenta, por artimanha, como confissão, dizendo-se, como Abraão: "cette fois-*ci* pour une période singulière, oui, me voici, depuis toujours le voici dans l'alliance avec la mort, la mort vivante de la mère" (Derrida, 208, p. 12)[54]. Isso por uma liturgia – gesto que Derrida repetirá de seu pai, quando de sua morte – a revelar uma sintaxe que responda à impaciência, ao silêncio dessa voz partida. Impossível retorno, no entanto. O eis-me aqui, o sim, eis-me aqui da aliança, desse elo entre escrita e fala da melancolia dos abraâmicos. Aqui, eis-me imerso em uma ética para além da ética, acima dela. Hei-nos sob o amor que excede o amor; diz Derrida de uma responsabilidade única e aporética que "doit excéder aussi l'amour et qui impose qu'on place le devoir absolu au-dessus même de la morale" (2012, p. 35)[55]. Exijo-te nesse excesso de *frase*, falas da testemunha, do endereçamento último desse festim. Ali, acima da moral, impões-te como "morte vivente", como necessária liturgia, como aliança com o dever. Disso tudo fala o começo – o começo desse texto, o começo. Gostaria talvez de ter iniciado sem citar. Reiniciar talvez dizendo do sagrado como forma de anúncio impune, do justo, do expulso. Gostaria, mas não. Na tradição hermenêutica que aqui procurei deslocar é preciso dispor-se ao risco de um texto. E o texto que compõe o

---

52 Tradução: "significa fora de toda intenção de fazer signo e fora de todo projeto do qual ele seria a viseira".
53 Tradução: "do abismo em condição".
54 Tradução: "essa vez *aqui* para um período singular, sim, eis-me aqui, desde sempre o eis-me aqui na aliança com a morte, a morte vivente da mãe".
55 Tradução: "deve exceder também o amor e que impõe que se coloque o dever absoluto acima mesmo da moral".

sacrifício / a ligadura de Isaac é de um silêncio pavoroso, impetuoso, mas, e também, tácito. - "eis-me aqui" (*enn.i*), como diz Abraão a Elohim.

Interessa-me aqui esse ato último, o extremo do exercício com o sagrado, aquele que torna impune toda morte ofertada, ofertada à aporia de uma soberania. O sacrifício silente de Abraão que escolhe dar a morte - doar a morte - de seu único a uma voz (ministerial) que solicita uma renúncia, exige a própria renúncia. Todos conhecem o mito: o sacrifício de Isaac é ato fundacional do judaísmo, do islã e do cristianismo. As religiões do Um, do foro do unânime. O que, por certo, faz me manter *à l'écart*, a uma distância segura, apartado disso que constitui a própria essencialidade do sagrado. Diz-se em hebraico, para a tradição talmúdica, *akedah*, o elo refeito com Abraão, de não retorno à terra prometida, o duplo elo com Noé e seu arco-íris. Trata-se, claro de uma bendição de Yahweh. Bendição que, como todas, implica uma decisão, fora da identidade. Essa bendição é antes a promessa que se encerra na "pure singularité du face-à-face avec Dieu, le secret de ce rapport absolu", na "demande même du secret" (Derrida, 1999, p. 203)[56], como condição de apelo e resposta. Relação absoluta, sem dúvida, dizer de algo que faz elo como necessária resposta. Sendo assim, toda decisão - pela aporia - implica o risco que se corre na enunciação. A bendição - risco de *hilst* - implica um não retorno, uma fala que já se coloca como elo, aliança, distopia para o *topos*. Para que uma decisão seja decisiva, sua exposição ao indecidível é fundamental, disse Derrida. E, essa decisão decide por um começo, por uma filiação, ela mesma impossível. Essa decisão encontra nesse momento sacrificial o surgimento da literatura. O caminho para o texto literário está no segredo - no secreto ato dessa enunciação - que guarda o campo do outro enquanto promessa, enquanto porvir, enquanto democracia absoluta, "plus 'abrahamique' que grecque" (id., p. 150)[57]. Em *L'autre cap*, Derrida, ao defender uma possível democracia para a Europa da unificação, refere-se "não a democracia (...) *futura*, mas uma democracia que deve ter a estrutura da promessa - *e logo a memória daquilo que porta o porvir aqui agora*" (Derrida, 1991, p. 76). Eis que a literatura se inscreve nesse poder tudo dizer, mesmo nada dizer. O secreto da democracia de certa forma demonstra um caminho possível ao sagrado, a uma impossível justiça que vem como acontecimento, que tem lugar no porvir da promessa - do querer bem, mesmo sendo possível haver a quebra dessa promessa; na impossibilidade da ameaça - e, assim, na liberdade conferida ao ente que se oferece ao sacrifício.

Quando Abraão ouve o desígnio de Yahweh já está imiscuído aí o perdão necessário do imperdoável. Abraão, tendo ouvido a ordem de Deus, é posto em

---

56 Tradução: "pura singularidade do face a face com Deus, o segredo dessa relação absoluta (...) na própria demanda do segredo".
57 Tradução: "mais 'abraâmica' que grega".

lugar de pedir perdão por aquilo que fez – levantar a faca, preparar o sacrifício, manter silêncio, tê-lo ouvido – a mando do próprio Deus. – Desculpa-me por ter te ouvido. O perdão solicitado aqui é evidentemente aquele por uma linguagem que Abraão tem conhecimento, mas a guarda, faz Isaac aguardar, demorar-se muito sobre ela: o de manter o silêncio, o de não querer dizer. O "é preciso" da ética surge lá onde algo falha e é preciso se instar, aporeticamente, de modo justo. Derrida inicia a segunda parte de *Donner la mort* se filiando a essa aporia: perdão de não querer dizer. Mantido o segredo – e não apenas aquele de Abraão, mas também o de Isaac após o sacrifício, ou seja, o da ligadura – nasce a necessária invenção da ficção, do ter de criar uma filiação – não à toa o texto bíblico, a lei mosaica, finda com as gerações prometidas a Abraão; são germinações, disseminações, clãs – impossível, um deslocamento que é o próprio começar pela oferta, pelo dom, *per-dom*. Aquilo que vem dessa filiação parece apontar para o imperativo do outro, para a ética como instância primeira, uma vez que o texto nasce apenas nesse silêncio mantido, nesse segredo guardado – e nenhum segredo é uma cripta, uma criptografia a ser desvendada – que se estabelece pelo dois, pelo mais de um, ou menos de um na impossível tradução da expressão francesa, *plus d'un*. É apenas em uma linguagem absolutamente outra que posso falar, instalar o duelo em que o terceiro/a testemunha possa testemunhar, dizer, falar – "j'utilise une langue, un langage; ainsi dès lors que je parle à autrui, il y a du tiers. Le tiers est là. La parole, celle que j'adresse à autrui, c'est le tiers; le langage, c'est le tiers" (Derrida, 2012, p. 60)[58] – o que é preciso, o que é necessário e exato, acerca da socialidade. A literatura, por isso, nasce da responsabilidade. Responder ao outro, diante do outro e pelo outro; por certo, a via da palavra que pode ser um significado, mas, antes, é supressão, rasga a propriedade – o vigor de si – por um endereçamento, por aquilo que ali é risco, salvação. Por responsabilidade, e talvez apenas por isso, quero dizer a assunção de uma decisão. Assumir responsavelmente implica lidar com a promessa de manter o segredo, manter-se frente a uma decisão que seja ela mesma indecidível. Há aqui toda uma lógica do perdão? Diz Derrida: "bien qu'il soit comme passivement tenu en fait à ce secret qu'il ignore, comme nous, il prend aussi la responsabilité passive *et* active, décisoire, de ne pas poser de question à Dieu" (Derrida, 1999, p. 72)[59]. Trata-se de uma *prova*, para a aliança absoluta.

O segredo do outro nos reconduz ao nefasto da cena abraâmica? A literatura implica um dizer que está no campo responsável não em termos de uma identificação, de uma identidade desse outro, mas, ao contrário, há um segredo aí que pertence ao problema de todo sentido, de toda tentativa hermenêutica

---

58 Tradução: "utilizo uma língua, uma linguagem; assim desde o momento em que falo a outrem, há o terceiro. O terceiro está lá. A fala, essa que endereço a outrem, é o terceiro; a linguagem é o terceiro".
59 Tradução: "Embora ele mantenha, de fato, como que passivamente esse segredo que ele ignora, como nós, ele assume também a responsabilidade passiva *e* ativa, decisória, de não colocar a questão a Deus".

de impor uma predição da dicção. Um prenúncio do dizer predicativo esvaindo-se como o *risco de uma frase*, como o acometimento dessa saudação. O silêncio primeiro de Elohim, o segundo de Abraão, o terceiro de Isaac e o último de Abraão revelam uma sintaxe – bem percebida pela análise "filológica" de Erich Auerbach:

> De realce de certas partes e escurecimento de outras, falta de conexão, efeito sugestivo do tácito, multiplicidade de planos, multivocidade e necessidade de interpretação, pretensão à universalidade histórica, desenvolvimento da apresentação do devir histórico e aprofundamento do problemático" (1998, p. 20).

Uma forma de estar gago na aporia do sentido. O silêncio, no entanto, e é importante perceber, é diverso nas tradições abraâmicas, mesmo que Derrida diga o contrário. A tradição islâmica é deixada de lado – *tenue à l'écart* – por mais que Derrida afirme estar ao lado das três tradições monoteístas do Livro. É interessante, por exemplo, ver que o *Corão* não coloca os personagens em silêncio, ao contrário, o que existe é uma assunção da pergunta – após um sonho – frente ao filho que não precisa perguntar, pois já é interpelado pelo próprio pai. A surata *as-saffat* (conhecida como "a sura dos enfileirados") diz: "'Ó meu filho! Por certo, vi em sonho que te imolava. Então, olha, que pensas disso?' Ismael disse: 'ó meu pai! Faze o que te é ordenado. Encontrar-me-ás entre os perseverantes, se Allah quiser'" (Nobre Alcorão, s.d., p. 737). A fala proferida, a pergunta feita é respondida como dever e responsabilidade moral, frente sempre a uma necessidade que vem do próprio filho tornar-se sagrado, sacrificial, portanto, na compreensão dessa perseverança. O mistério/desígnio aparece apenas posteriormente quando Allah livra o peso de Abraão, dando a ele e aos seus um lugar entre os benfeitores. Assim, a lógica de uma representação pelo silêncio é colocada de lado em pelo menos uma das tradições do Livro e, por isso, não é generalizável; é preciso manter sua diversidade, na questão sempre colocada contra (em direção a) o Um. De um outro ponto de vista, mas também alertando-se para esse silente momento decisório, temos uma outra aliança, a de Jesus com aquele que ele chama "Pai". O silêncio de Cristo é de cunho bastante diferente. O momento sacrificial – a própria paixão e crucifixão – é a ele prenunciado por sinais, não relatados pelos evangelistas, em ao menos duas cenas emblemáticas: a do monte Getsêmani, em que a oração secreta e a demanda pela compaixão de Deus mantêm uma relação direta de alteridade radical; e a da sentença proferida instantes antes da morte *Eli, Eli, lamá sabachtháni* (Mt, 27: 46). A aceitação do pacto de aliança é aqui questionada e, por isso mesmo, a figura da unidade torna-se impossível, como diz Hegel (sobre Abraão), "seu espírito é [sendo] a unidade" [*sein Geist ist die Einheit*] (1971, p. 274). Nos dois casos, Deus mantém-se silente, guardando o segredo e aguardando a execução da promessa. O espírito da unidade de Abraão se renova nesse silêncio, por projetar a escatologia, a figura de Elias como figura do porvir – como parecem se escarnecer os soldados na incompreensão, como relata o narrador do *Evangelho de Mateus*, da enunciação na cruz. Um anúncio é feito. Quando do cumprimento da promessa: "as pedras fenderam" [αἱ πέτραι ἐσχίσθησαν] (Mt, 27: 51). Trata-se de uma fenda que se abre a mais uma abertura, a mais uma partição, ao próprio fender (σχίζω) de responsabilidades diferentes dentro da tradição abraâmica.

É Maurice Blanchot quem diz que é preciso tornar possível a morte para que a literatura seja possível. Ora, essa impossibilidade da morte em si é transfigurada, pela literatura – pela intervenção ficta da suposição, como o paradigma tomado de Derrida em Kafka de *Brief an den Vater*, quando supõe o que o pai poderia ter respondido, bem próximo ao fim –, em uma doação à morte (ao limite e ao limiar – à soleira propriamente dita) de qualquer soberania humana. Em toda possibilidade deve demorar o impossível como força propulsora da decisão ou ainda daquilo que o homem entendeu como tarefa apenas do humano. No imperativo do outro, em que reside toda ética, o direito à morte não pode sobrepor-se à noção de infinito. Não um infinito negativado, como se essa afixação fosse um não-findo, mas o próprio da finitude, aquilo que do próprio da temporalidade se revela como *propre* – nessa dualidade impossível da palavra francesa entre o próprio e o limpo, o puro e impuro. Nesse ponto seríamos talvez capazes de resgatar um "sim" incondicional? Um dizer "sim" ao outro, mais fortemente que "você primeiro", "diante de mim, eis você", como diz "sins" a mulher, esse discurso silente que é a própria literatura: Molly Bloom.

Importa aqui, então, pensar nessa filiação impossível da literatura (com o *bere'shith*, mas também com a confissão, com a carta) a partir da crítica ao sagrado que faz Emmanuel Levinas quando propõe ser o sagrado irmão da feitiçaria e, portanto, "mestre da aparência" em uma sociedade dessacralizada pelo embuste. O sagrado, como "penumbra em que floresce a feitiçaria", impede a experienciação do outro em seu absoluto, naquilo que ele é capaz de impedir o dizer "eu" a não ser sendo convocado por esse outro, por esse que é outramente frente ao ser. Aqui estamos já muito perto do rosto da convocação imperativa desse que diz e depois ouve o "eis-me aqui", o risco corrido da exposição à *frase*. A essa substituição Levinas chama o *santo*. O rosto do outro porta uma escritura santa. Isso implica – *ça dit* – que frente ao outro minha responsabilidade é, como diz Levinas, "plus sainte qu'une terre, même quand la terre est Terre Sainte. À côté d'une personne offensée, cette terre – sainte et promise – n'est que nudité et désert, un amas de bois et de pierres" (Levinas apud Derrida, 1997, p. 15)[60]. Por certo, ainda, a infinita morada do outro é a distância, a

---

60 Tradução: "mais santa que uma terra, mesmo quando a terra é Terra Santa. Ao lado de uma pessoa ofendida, essa terra – santa e prometida – não é senão nudez e deserto, um monte de lenhas e de pedras".

separação que impõe essa santidade. Para além da religião em que o sagrado pode fazer morada, o santo é o estranho que se faz apenas como rastro, faz aparecer apenas como rastro e nunca como presença. Penso aqui, então, em uma língua por vir, em um vir que sempre ocorre no intempestivo na queda do mais alto, no de repente que reconduz ao terceiro. Tomando Derrida, à *la lettre*, no "possible impossible vers lequel nous sommes ainsi précipités (aporie ou abîme)"[61], o santo dá A-Deus ao eu e instaura a necessária filiação impossível desse que é o *tout autre* como *tout autre*, o que implica, certamente, um dizer *sim* mesmo na separação ou ainda inclusive nessa separação. Infinito acolhimento, tomar o direito à morte como justiça à morte. Há aqui, sem dúvida, uma urgência, na qual a linguagem se dá como resto. Eis que do estado de artífice surge um segredo que é o próprio santo. O outro a quem devo responder infielmente, tentando perjurar o prometido ao mesmo tempo em que peço perdão por dar, por ofertar a obra sacrificial, nesse caso o poema, seu *risco* e *saudação de carícia*. Eis que o segredo do outro é *tout autre* na fidelidade infiel, na mais importante remarca do conteúdo do segredo que escapa, restando pouca sacralidade. Por isso, de certo, desnuda-se o mundo do sagrado em uma alteridade santa, em uma linguagem que seria ela mesma a impureza necessária desses desvelamentos: tarefa de poeta.

Um meteoro. A espacialidade de um céu que servirá muito bem para o *aide-mémoire* da aliança com Noé. Aberta ao porvir, a vinda do outro bendiz e, por isso, impede qualquer antecipação. O poema nunca se antecipa, a *frase* sempre se arrisca. Resta-te partilhar, continuar a partilhar isso que não é possível, isso que participa do absoluto de uma espera, no limiar de um caminho, de sua demora intempestiva, dessa promessa remetida ao eu que diz a carícia. Eis que propões rasgar a história, tomar decisão. Golpe do destino. Não bastando um arco-íris, pudeste ver dois: rememorar o pacto. Dupla retratação de Deus, que eleva e risca o traço da criação, o tracejado do poema. Contrato dissimétrico. Rostos dissimétricos. Um só não um.

Do outro lado, à beira-mar, as barbas do sol tombam sobre os edifícios. Há uma luz que voa, que, instável, parece durar muito pouco, quase tão pouco quanto essa viagem de Ulisses, essa partida de Abraão. A que lugar é esse que cinde a decisão? Espaço de aporia, ali, onde dois arcos – o fenômeno da aliança – perfazem o céu.

Brasília-Paris-Rio de Janeiro-Brasília
de 24 de outubro de 2012 a 13 de fevereiro de 2014.

---

61 Tradução: "possível impossível em direção ao qual nós estamos assim precipitados (aporia ou abismo)".

Referências bibliográficas

AUERBACH, Erich (1998). *Mimesis*. 4. ed. São Paulo: Perspectiva.
BLANCHOT, Maurice (1983). *Après coup précédé par le ressassement éternel*. Paris: Minuit.
_____ (1950). *Thomas l'obscur* - nouvelle version. Paris: Gallimard.
CAMPOS, Augusto de; CAMPOS, Haroldo de; PIGNATARI, Décio (2006). *Teoria da poesia concreta*: textos críticos e manifestos, 1950-1960. 4. ed. Cotia: Ateliê.
CAMPOS, Augusto de (2000). "ACASO (1963)". *VIVA VAIA* - poesia 1949-1979. Cotia: Ateliê.
_____ (1998). *Música de invenção*. São Paulo: Perspectiva.
_____ (1995). "Faixa 11 - risco". *Poesia é risco*. CD com Cid Campos. Rio de Janeiro: Polygram.
CAMPOS, Haroldo de (2000). *Bere'shith'*: a cena da origem. São Paulo: Perspectiva.
DERRIDA, Jacques (2012). "La mélancolie d'Abraham. Entretien avec Michal Ben-Naftali". *Les Temps Modernes* - Derrida - l'événement déconsctruction. Paris. n. 669-670, jul-out.
_____ (2010). "Introduction". In: HUSSERL, Edmund. *L'origine de la géométrie*. Trad. Jacques Derrida. 6. ed. Paris: PUF.
_____ (2008). "Circonfession". In: BENNINGTON, Geoffrey; DERRIDA, Jacques. *Jacques Derrida*. Paris: Seuil.
_____ (2004). "Poétique et politique du témoignage". In : MALLET, Marie-Louise; MICHAUD, Ginette (dir.). *L'Herne Derrida*. Paris: Herne.
_____ (2000). *Foi et savoir suivi de Le siècle et le pardon*. Paris: Seuil.
_____ (1999). *Donner la mort*. Paris: Galilée.
_____ (1997). *Adieu à Emmanuel Levinas*. Paris: Galilée.
_____ (1996). *Apories*. Paris: Galilée.
_____ (1993). *Spectres de Marx*: l'État de la dette, le travail de deuil et la nouvelle internationale. Paris: Galilée.
_____ (1991). *L'autre cap*. Paris: Minuit.
_____ (1988). *Mémoires*: pour Paul de Man. Paris: Galilée.
_____ (1974). *Glas*. Paris: Galilée.
EYBEN, Piero (2009). "Da herança do outro na narrativa homérica". *Aletria*. UFMG. v. 20.
HEGEL, Georg W. F. (1971). *Der Geist des Christentums und sein Schicksal*. Werke 1 - Frühe Schriften. Frankfurt am Main: Suhrkamp.
HEIDEGGER, Martin (2003). *A caminho da linguagem*. Trad. Marcia Sá Cavalcante Schuback. Petrópolis/Bragança Paulista: Vozes/Ed. Universitária São Francisco.
_____ (1990). *De camino al habla*. Trad. Yves Zimmermann. Barcelona: Serbal.
_____ (1985). *Unterwegs zur Sprache*. Frankfurt Am Main: Vittorio Klostermann.
_____ (1982). *On the way to language*. Trad. Peter D. Hertz. Nova York: Harper & Row.
_____ (1981). *Acheminement vers la parole*. Trad. François Fédier. Paris: Gallimard.
HILST, Hilda (2002). *Cantares*. São Paulo: Globo.
HÖLDERLIN, Friedrich (2008). *Gesammelte Werke*. Herausggeben von Hans Jürgen Balmes. Frankfurt am Main: Fischer.

JAKOBSON, Roman (2006). *A geração que esbanjou seus poetas*. São Paulo.
_____ (1970). *Linguística. Poética. Cinema*. São Paulo: Perspectiva.
LEVINAS, Emmanuel (2013). *Éros, littérature et philosophie* – Essais romanesques et poétiques, notes philosophiques sur le thème d'éros. Org. Jean-Luc Nancy; Danielle Cohen-Levinas. Paris: Bernard Grasset/Imec.
_____ (2011). *Le temps et l'autre*. 10. ed. Paris: Quadriage/PUF
_____ (2010). *En découvrant l'existence avec Husserl et Heidegger suivi d'Essais nouveaux*. 4. ed. corr. Paris: Vrin.
_____ (1993). *De l'existence à l'existant*. 2. ed. Paris : Vrin.
_____ (1987). *Humanisme de l'autre homme*. Paris: Fata Morgana.
_____ (1978). *Autrement qu'être, ou au-delà de l'essence*. Paris: Kluwer Academic.
_____ (1976b). *Noms propres*. Paris: Fata Morgana.
_____ (1971). *Totalité et infini*: essai sur l'extériorité. Paris: Kluwer Academic.
NOBRE ALCORÃO – tradução de seu sentido para a língua portuguesa. Trad. de Helmi Sasr. Com a colaboração da Liga Islâmica Mundial, em Makkah Nobre. Complexo do Rei Fahd/Al-Madinah Al-Munauarah K.S.A., Suratu 37, v. 102.
PIGNATARI, Décio (2006). "arte concreta: objeto e objetivo". In: CAMPOS, Augusto de; CAMPOS, Haroldo de; PIGNATARI, Décio. *Teoria da poesia concreta*: textos críticos e manifestos, 1950-1960. 4. ed. Cotia: Ateliê.
VALERY, Paul. *La Jeune Parque*.

KAFKA – a vibração mais que humana

Alberto Pucheu

*E essa multidão em mim, bem ao fundo,
dificilmente visível".*
Kafka

*A partir de certo ponto não há mais retorno.
É este o ponto que tem de ser alcançado.*
Kafka

  Romances, novelas, contos, aforismos, fragmentos, correspondências, diários, rabiscos, desenhos, esboços abandonados, relatos de sonhos, narrativas inacabadas, capítulos desordenados, capítulos incompletos, rascunhos sem títulos, descrição de processos de escrita, observações de viagens, apontamentos circunstanciais, versos sem poemas, poemas, cartas, projetos de cartas, cartas nunca enviadas, conferência, balanços, enumerações, inventários, esquemas para artigos, projetos, citações, listas, listas comparativas, autobiografia alheia, comentários sobre livros, peças, óperas, conferências e artistas de modo geral, leituras ao vivo para amigos ou para um público surpreendido, bilhetes de conversas de quando, impossibilitado de falar, internado, estava prestes a morrer...
  Toda essa abundância de modos dispersivos de escrita quer se expandir ao extremo, retirando, a cada momento, o especificamente literário de sua zona de conforto ao, extrapolando-o repetidamente, ir para além dele ou, talvez melhor, ficando-lhe aquém, não chegando propriamente até ele, em todo caso, levando-o a seu fora, não se deixando identificar com ele. Esse escrever de começos e destroços, esse escrever obsessivamente necessário, esse escrever de quem é um "fanático da escrita" (como, no feminino, diz de uma mulher em seu diário) (Kafka, 1984, p. 60), esforça-se também em, sob as mais diversas modalidades desordenadas e em desagregação, dar o mínimo de consistência ao insólito em que se vive ou ao quê, no vivido, só é possível ao modo de um não vivido, já que se é tragado por um irrealizável ao qual, entregando-se a ele, não se tem como não pertencer. Dar o mínimo de consistência ao insólito do não vivido que acompanha todo vivido se confunde com fazer a inconsistência afetar ao máximo o texto, tornando-o, ele mesmo, insólito, o mais próximo do irrealizável. Não tendo Kafka por referência, a máxima de Emmanuel Levinas, "as grandes experiências de nossa vida jamais foram, propriamente dizendo, vividas" (Levinas, 1994, p. 211), parece ter sido composta especialmente para ele. Em sua relação com a escrita, está, de fato, sua grande experiência vivida, desde a qual,

misturando-se a ela ao ponto de não se conseguir mais distingui-las com clareza, abre-se a força do não vivido.

O excessivo dessa turbulenta propagação discursiva pré-literária, do que rompe a fronteira entre o literário e sua anterioridade, entre o literário e seu fora, que tanto concerniria, em um primeiro instante, ainda que inconscientemente, ao seu e ao nosso tempo como a "nervosidade de nossa época" (Kafka, 1984, p. 262), beira, em Kafka, uma tensão limítrofe entre a escrita e o que se vive, entre o escrever e o viver. É significativo que, como nos relata Gustav Janouch, Kafka, não sem algum exagero explicitado em seguida por ele mesmo, denomine esse estado pré-literário de seus escritos de "notas para uso pessoal", "brincadeiras", "documentos pessoais", "testemunhos de minha solidão", dizendo que quem o torna "literatura", quem, em algum grau, institucionaliza sua escrita, retirando-a de sua ambiência pré-literária e integralmente comprometida com sua vida, são seus amigos: "Max Brod, Felix Weltsch, todos os meus amigos se apoderam regularmente de tal ou qual coisa que escrevi, e em seguida me surpreendem, chegando com um contrato de edição em boa e devida forma. Não quero causar-lhes dificuldades e é assim que, para acabar, publicam-se coisas que de fato só eram notas para uso pessoal, ou brincadeiras. Documentos pessoais, atestando minha fraqueza de homem, estão impressos e mesmo vendidos, porque meus amigos, a começar por Max Brod, encasquetaram torná-los literatura e porque eu, por meu lado, não tenho força para destruir esses testemunhos de minha solidão" (Janouch, 1993, p.30). Sobre esse elemento pré-literário dos testemunhos de sua solidão que seriam todos os seus escritos, no mesmo livro, mais à frente, ainda segundo Janouch, Kafka afirma: "toda arte verdadeira é documento, testemunho" (id., p. 121). Testemunho, portanto, e documento, tudo o que ele escreveu, toda a sua arte, ou, melhor dizendo, toda sua anteliteratura. A importância da pregnância de diversos modos de escrita, inclusive dos que são habitualmente chamados de autobiográficos, arrasta a exclusividade do que seria o literário (em qualquer uma de sua positividade) para uma zona periférica, deixando um centro vazio que, motor de todo escrever, questionando o próprio conceito histórico de literário, não permite, com sua força centrífuga, hierarquizar os modos de escrita em turbilhão, deixando ao leitor o deslizamento do interesse conforme as suas maneiras específicas de leitura. Logo no começo de seu livro sobre as cartas de Kafka a Felice, Elias Canetti afirma: "li aquelas cartas com uma emoção tamanha como havia anos nenhuma obra literária me causava" (Canetti, 1988, p. 8). Desobrar a obra chamada de literária a partir das múltiplas escritas, com seus relatos, a princípio, autobiográficos, sem as marcas habituais do que é reconhecido majoritariamente como literatura, é, certamente, uma das operações do que se chama Kafka, com a vida que vive adentrando a escrita e a escrita adentrando a vida que vive, confundidas em uma zona potencial.

Para Kafka, leitor, só para mencionar poucos, dos diários de Goethe[1], das cartas de Kleist, de Flaubert, de Beethoven, de Grillparzer e de Hebbel, das memórias de Karl Stauffer-Bern, da condessa de Thurheim e do general Marcellin de Marbot, e que planejou escrever uma autobiografia e um livro biográfico sobre sua relação de amizade com Max Brod, os diários e as cartas se fazem os lugares por excelência em que essa tensão está de antemão colocada, por ser ele, o entrelugar do diário e das cartas como paradigma da tensão entre o escrever e o viver, por ser ele, o paradigma do entrelugar do escreviver, o que não poderá ser abandonado. Sobre os diários, Max Brod realiza importantes observações:

> Os diários têm para Kafka um significado que não é apenas autobiográfico nem somente uma ajuda para ele se assenhorear de sua alma; entre as observações de conteúdo pessoal, há as peças que ele depois colocará em seu primeiro livro, Contemplação. Muitas dessas peças escolhidas por ele são, de fato, substancialmente indistinguíveis das outras entradas do diário; não sabemos por que o autor considerou umas mais valorosas para publicação, em detrimento de outras. (...) No contexto do diário, há também muitos fragmentos de contos que seguiram até certo ponto; eles se amontoam até que, subitamente, a primeira história terminada de tamanho considerável, "O veredito", jorra como um jato de chamas (Brod, 1978, p. 106). Em seu diário, abundam sonhos, começos de contos, esboços. Tudo parece estar ligado em uma tremenda fermentação (id., p. 145).

Estendendo essa linha de compreensão do quê são os diários de Kafka em suas singularidades, em uma nota de rodapé, Blanchot elucida:

> Kafka escreveu tudo o que lhe importava, acontecimentos de sua vida pessoal, meditação sobre esses acontecimentos, descrição de pessoas e lugares, descrição de seus sonhos, relatos iniciados, interrompidos, recomeçados. Portanto, não é apenas um "Diário" como se entende hoje em dia, mas o próprio movimento da experiência de escrever, o mais próximo de seu começo e no sentido essencial que Kafka foi levado a dar a essa palavra. É sob essa perspectiva que o diário deve ser lido e interrogado" (1987, p. 51).

O diário como "uma tremenda fermentação" do "movimento da experiência do escrever" em seu "sentido essencial", mas o escrever em seu "sentido essencial" como "uma tremenda fermentação" do movimento da experiência de vida. Da escrita à vida e da vida à escrita, a via é certamente de mão dupla, ou,

---

[1] Mostrando que a tarefa de ler (ao menos, de ler um diário) está submetida à de escrever (ao menos, de escrever um diário), em 29 de setembro de 2011, Kafka escreve em seu diário: "*Diário* de Goethe. Uma pessoa que não tem diário está em uma posição falsa em relação ao diário de um outro" (Kafka, 1984, p. 83). Em sua biografia do amigo, Max Brod informa que "Kafka preferia ler biografias e autobiografias a qualquer outra coisa" (Brod, 1978, p. 111).

mais do que isso, de encruzilhada, havendo tanto as muitas intensidades do vivido na escrita quanto as da escrita no vivido, sem que obviamente tenha qualquer cabimento buscar uma quantificação ou uma suposta proporcionalidade de um no outro ou de outro no um.

Desde quando começa a escrever seu diário, já na primeira entrada, possivelmente de 1909, o vínculo entre a escrita e o vivido está colocado: "Escrevo isso certamente impelido pelo desespero que me causa meu corpo e o porvir desse corpo" (Kafka, 1984, p. 4). A seguinte, a primeira de 1910, inicia-se de maneira semelhante:

> Enfim, depois de cinco meses de minha vida, durante os quais não pude escrever nada com o que eu ficasse satisfeito, (...) a ideia me vem de me endereçar de novo à palavra. (...) Meu estado não é de infelicidade, mas não é tampouco de felicidade, não é nem de indiferença nem de fraqueza nem de fadiga nem de interesse por outra coisa, mas, então, de quê é? O fato de não o saber está, sem dúvida, ligado à minha incapacidade de escrever (id., p. 6).

Em 5 de setembro de 1911: "é imperdoável viajar – e mesmo viver – sem tomar notas. Sem isso, o sentimento mortal de escoamento uniforme dos dias é impossível de suportar" (id., p. 14). Em 2 de outubro de 1911, na primeira vez em que menciona a insônia: "noite de insônia. É a terceira seguida. (...) Creio que esta insônia se deve unicamente ao fato de que escrevo" (id., p. 88-89). Em 9 de dezembro de 1911, repetidamente:

> Tenho, neste momento, e já a tive esta tarde, uma grande necessidade de extirpar minha ansiedade descrevendo-a inteiramente e, mesmo que ela venha das profundezas de meu ser, de fazê-la passar para a profundeza do papel ou de descrevê-la de tal maneira que o que eu teria escrito pudesse ser inteiramente incluído em mim. Isso não é uma necessidade artística (id., p. 177).

Os exemplos são inúmeros. Em 16 de dezembro de 1910, os diários são, para Kafka, a única possibilidade a que, em sua vida, o escritor terá para se agarrar: "Não abandonarei mais este diário. É aqui que se faz preciso que eu me agarre, porquanto apenas aqui eu o posso fazer" (Kafka, 2000, p. 28)[2]. Agarrar-se, é bom que se diga, a um mínimo, agarrar-se a um quase nada, agarrar-se, para usar uma imagem da tradição, a um mastro que, como Kafka mesmo o trabalha, desmitologizando Ulisses, desencantando o canto, destradicionalizando a tradição e desimaginando a imagem, não é mais do que um meio insuficiente, inocente e infantil de alguém reconhecido como possuidor de muitas astúcias, não

---

2 Enquanto a edição francesa traduz a passagem como "Je ne quitterai plus ce Journal. C'est l'à qu'il me faut être tenace, car je ne puis l'être que là" (Kafka, 1984, p. 12), a brasileira citada se aproxima mais da americana: I won't give up the diary again. I must hold on here, it is the only place I can" (Kafka, 1976, p.73). Por interesse estratégico para a continuação do texto, utilizo-me, exclusivamente nessa passagem, da edição brasileira, parcial, dos diários, privilegiando, nas outras, a francesa.

é mais do que um meio que está ali simplesmente para arrebentar, não é mais do que, para usar uma só palavra, nada.

No capítulo "A escritura é um combate contra os Deuses", Danielle Cohen-Levinas escreve:

> Seu combate [o de Kafka] contra os deuses de Ulisses e contra o Deus de Abraão havia, de certa maneira, migrado para o lado da escrita de uma vez por todas, sem esperança de reencontrar uma phoné consoladora, o signo, precisamente, de nosso pertencimento ao mundo dos humanos, no qual Kafka jamais se sentiu completamente em casa (p. 63 desta obra).

Combatendo, com a escrita, e apenas com ela, o Deus, os deuses, o mito, o canto das sereias, o canto do conhecimento, o canto do saber de tudo que se passa na vida entre os homens e os deuses, o canto do mundo, o canto da terra ou da pátria vitoriosa, o canto da guerra, o canto da esperança, o canto da consolação, o canto do retorno, o canto do reencontro, o canto do pertencimento, o canto da casa, o canto do humano... Com a escrita, ficaria Kafka – sem Deus, sem deuses, sem mito, sem canto das sereias, sem tradição impositiva, sem conhecimento, sem saber, sem mundo, sem pátria, sem terra, sem guerra, sem heroísmo, sem retorno, sem casa, sem imagem, sem qualquer voz consoladora que desse uma esperança de pertencimento e de reencontro ao homem.

Uma escrita de uma ausência de voz, uma escrita da negação de sua própria voz, uma escrita, literalmente, da infância que nos acompanha por todo o tempo (não do que se chama de infantil enquanto o que é tomado como característica de uma época específica, mais ingênua, de nossa vida ou mesmo, como no caso do atributo dado por Kafka a Ulisses, de nossa tradição). Com a escrita, nada, senão a negatividade de um despertencimento e de um desancoramento extremo de alguém que se vê como "absolutamente vazio" (Kafka, 1984, p. 177). Agarrar-se, então, à escrita para, ao menos, agarrando-se a nada, agarrando-se ao vazio, dar-lhe um mínimo de densidade ou de matéria com suas palavras e sintaxes, que desejam ser destruídas até não se ter mais em que se agarrar. De Kafka, esse para quem "o ponto mais próximo de mim me parece inacessível" (id., p. 210), poderia ser dito, de alguma maneira, o que ele diz de um colecionador de Linz: "ele não fala absolutamente quando ele fala" (id., p. 170). Talvez seja por conta desse falar para não falar, desse ficar de Kafka tão somente com o nada da escrita e com a escrita de nada, com esse vazio da vida e da escrita e com essa escrita do seu vazio, com essa escrita e com esse pensamento que forçam uma vida a suportar toda e qualquer ausência de fundamento, que Milena Jesenská, um dos amores de Kafka, escreveu sobre ele, em carta para Max Brod, palavras tão certeiras e comoventes: "Mas ele nunca buscou se colocar ao abrigo das coisas. Ele é sem refúgio, sem teto. Por isso está exposto a tudo, contrariamente a nós, que estamos protegidos. Dir-se-ia, um homem nu em meio àqueles que estão vestidos" (Pelbart, 2011, p. 9).

Os dois bilhetes testamentos deixados a Max Brod, em que manifestava seu[s] "último[s] desejo[s]" iconoclastas ao amigo, iriam, igualmente, na direção do nada a que se agarrar, do dizer para dizer o vazio, do dizer para não dizer, do desabrigo, do sem refúgio, do sem teto, da exposição a tudo, da desproteção e da nudez? Parece que sim, parece que eles foram escritos em direção ao enigma da nudez de quem não tem em que se agarrar. Escrito anteriormente a 1921, com um papel já amarelecido, quando encontrado pelo amigo testamenteiro, a breve carta mais antiga dizia:

> Caro Max, talvez desta vez eu não consiga me recuperar. Pneumonia, após um mês de febre pulmonar, dá quase no mesmo; e mesmo estas linhas não são capazes de evitá-lo, embora haja aqui uma certa energia. Para esta eventualidade, portanto, eis aqui meu último desejo com relação a tudo o que escrevi: de todos os meus textos, os únicos livros que devem permanecer são: *O processo*, *O foguista* [*América*], *Metamorfose*, *Colônia penal*, *Um médico rural* e o conto "Um artista da fome". Podem permanecer alguns exemplares de *Meditação* [sic] [*Contemplação*]. Não quero dar a ninguém o trabalho de triturá-los; mas nada deste volume deve ser novamente editado. (...) Quando digo que estes cinco livros e o conto podem permanecer, não significa meu desejo de serem reeditados e legados à posteridade. Ao contrário, se desaparecerem por completo, isso me fará mais feliz. Apenas, já que existem, não quero impedir alguém de querer mantê-los. Mas todo o restante do que escrevi (seja em jornais, manuscrito ou cartas), tudo sem exceção, quer seja descoberto ou requisitado aos destinatários... – todas essas coisas, sem exceção, e especialmente as não lidas (não posso proibi-lo de dar uma espiada, embora prefira que não o faça, mas, de qualquer modo, a mais ninguém isso é permitido) – todas estas coisas, sem exceção, devem ser queimadas, e imploro-lhe que o faça o quanto antes. Franz (Diamant, 2013, p. 103-104).

Pouco tempo depois, em 1921, o último pedido, mais econômico e incisivo do que o anterior, para não deixar nenhum de seus escritos lhe sobreviver:

> Caríssimo Max, meu último pedido: tudo o que deixo para trás (em minha estante, no armário de roupa de cama e em minha escrivaninha, tanto em casa quanto no escritório, ou em qualquer outro lugar onde possa existir algo ou que seus olhos virem) sob a forma de diários, manuscritos, cartas (minhas e de outros), esboços, e assim por diante, devem ser queimados sem serem lidos; isso se aplica também a todos os escritos e esboços que você e outros venham a possuir; e, em meu nome, solicite o mesmo aos demais. Se estes não quiserem lhe entregar suas cartas, que ao menos prometam queimá-las. Atenciosamente, Franz Kafka" (id., p. 103).

Importante lembrar que, além de o próprio escritor dizer que "hoje, queimei muitos dos velhos papéis odientos" (Kafka, 1984, p. 245) e de em outubro de 1921 ter dado seus cadernos para Milena com o intuito, talvez, mesmo inalcançável, de se sentir mais livre, tanto Max Brod nos relata que encontrou, entre os pertences de Kafka após sua morte, alguns cadernos que possuíam apenas a capa, com todas as folhas arrancadas, quanto Dora Diamant, a mulher amada com quem, entre o fim de 1923 e o começo de 1924, viveu os últimos meses de sua vida, em um dos mais belos depoimentos sobre o escritor, informa-nos que

> Ele queria queimar tudo o que havia escrito. Eu respeitei sua vontade e, diante de seus olhos, enquanto ele repousava, doente, em sua cama, queimei alguns de seus textos. (...) Fui repreendida por ter queimado alguns escritos de Kafka. Eu era muito jovem naquela época e os jovens vivem no instante, pouco no futuro" (Diamant, 1998, p. 231).

É-me admirável a postura de Max Brod em não queimar os escritos de Kafka, salvando-os, à revelia do pedido do amigo escritor; é-me igualmente admirável a postura de Dora, queimando alguns dos escritos de Kafka, a seu pedido, a pedido do escritor tão amado, extinguindo-os.

Antes das solicitações para que Max Brod destruísse seus escritos, e mesmo depois de tais bilhetes, mostrando as diversas forças díspares que atuam nele mantidas em ação pela importância maior da relação entre o escrever e o viver, o imperativo de preservar, a todo custo, a escrita - com a qual ele se confunde -, de preservar a literatura - que ele diz somente ser -, do que dela retira sua força, ou seja, desde cedo, do trabalho e da família. Isso é certo: contra o trabalho e a família, preservar, a todo custo, o gesto de escrever, não o resultado do que foi escrito, preservar, acima de tudo, a possibilidade do dizer, não o dito, que é para se extinguir. Em seu livro sobre Kafka, Marthe Robert afirma que, em 1918, ele

> Escreve de Zurau, a propósito do pedido duma atriz que queria fazer uma leitura de extractos das suas obras em Frankfurt: "Não envio nada para Frankfurt; não vejo de modo nenhum em que é que isso me pode interessar. Se enviar qualquer coisa, fá-lo-ei unicamente para satisfazer a minha vaidade, se não envio nada, é ainda a vaidade que me inspira, mas não unicamente ela, o que é melhor. As passagens que poderia enviar

não significam absolutamente nada para mim, não respeito senão o instante em que as escrevi..." (Robert, 1963, p. 40)[3].

Em meados de 1911, narrando o que disse em uma visita a Rudolf Steiner, a oposição entre escrita e trabalho já está colocada: "além do mais, minha saúde e meu caráter me impedem igualmente de me converter em uma vida que, no melhor dos casos, apenas poderia ser incerta. Eis o motivo pelo qual me tornei funcionário em uma companhia de seguros sociais. Essas duas profissões não podem jamais se tolerar, nem admitem uma felicidade em comum. A menor felicidade que uma me causa se transforma na maior infelicidade para a outra" (Kafka, 1984, p. 34). Em 21 de agosto de 1913, após, portanto, o ano decisivo de 1912, em que, buscando a concentração do isolamento, escreve os sete primeiros capítulos de O desaparecido (América), o "Veredito" e a "Metamorfose", traça no diário, enquanto aguarda ansiosamente a resposta da carta anteriormente enviada, um esboço de uma segunda carta, nunca remetida, ao pai de Felice Bauer, então sua noiva:

> O meu emprego é-me insuportável pelo fato de contrariar o meu único desejo e a minha única vocação, que é a literatura. Como sou somente literatura, e como não desejo nem posso ser coisa diversa, o meu emprego jamais poderá atrair-me, apenas poderá, em vez disso, destruir-me inteiramente. Não estou longe de o ser. Estados nervosos da pior espécie me dominam incessantemente e, este ano, inteiramente cheio de preocupações e de sofrimentos acerca do meu futuro e do de sua filha, veio provar totalmente a minha falta de resistência. Poderia me indagar a razão pela qual não deixo este emprego – não tenho fortuna – e por que não tento tirar a minha subsistência dos meus trabalhos literários. Apenas poderia então apresentar esta mísera resposta que não disponho dessa força e que, na proporção em que posso encarar o meu estado em toda a sua extensão, há maiores possibilidades de que o meu emprego me destrua, é certo, com muita rapidez (Kafka, 2000, p. 96-97).

---

3 Ao menos para si mesmo, sabe-se da opinião de Kafka sobre alguns de seus textos. Deles, afirma, por exemplo: Li *A metamorfose* e a acho ruim. Estou talvez realmente perdido, a tristeza dessa manhã retornará, não poderei resistir por muito tempo, ela me retira toda esperança (Kafka, 1984, p. 313); "Grande repugnância a respeito de *A metamorfose*. Fim ilegível. Imperfeito praticamente até o fundo" (id., p. 332); "Comecei a escrever coisas que saem mal (*O processo*). Mas, apesar da insônia, das dores de cabeça e de minha incapacidade geral, não cederei" (id., p. 358); "Isso que escrevo (*O processo*) não me parece ter nenhuma independência, eu o vejo como um reflexo de textos antigos bem sucedidos" (id., p. 365. Claro que tais depoimentos em seu diário requisitariam, sobre o assunto, uma investigação maior nas cartas e nos depoimentos dos amigos. É igualmente desconcertante, entretanto, a passagem da carta de seu editor Kurt Wolff para ele: "nenhum dos autores com os quais nos conectamos vem até nós, com seus desejos ou questões, tão pouco quanto você, e com nenhum deles temos a sensação de que o destino de seus livros publicados é motivo de tanta indiferença quanto o é para você." (Brod, 1978, p. 136).

Mais à frente do mesmo esboço de carta escrito em seu diário, a oposição da família em relação à literatura:
> Pois bem, em meio à minha família, entre os melhores e os mais carinhosos seres, vivo mais alheio do que um estranho. No decorrer desses últimos anos, não troquei vinte palavras por dia com a minha mãe, não troquei senão cumprimentos com o meu pai. Com respeito às minhas irmãs casadas e aos meus cunhados, jamais lhe dirijo a palavra, embora não esteja zangado com eles. A razão é simples, nunca lhes tenho nada a dizer. Tudo quanto não seja literatura enjoa-me e torna-se detestável para mim porque me importuna ou entrava, mesmo que seja hipoteticamente. É por essa razão que eu sou destituído de qualquer sentimento de vida em família, no máximo não possuo senão do de observador. Não possuo qualquer sentimento de parentesco, e considero de modo formal às visitas como malignidades que dirigem contra mim" (id., ibid.).

Se "uma vida de funcionário poderia me convir se eu fosse casado" (Kafka, 1984, p. 342), a de escritor se afasta de ambos, do casamento e do funcionalismo. Ao longo de quase toda sua vida (é importante resguardar esse quase, garantindo a exceção dos meses finais de felicidade passados juntos à Dora Diamant), Kafka colocará o casamento ao lado do trabalho e da família, contra, portanto, a escrita e a literatura, ou, talvez seja mais justo dizer, tornando-os tema de sua escrita, já que, como afirma Dora, "Kafka era obrigado a escrever, pois a escrita era seu oxigênio. Ele não respirava senão nos dias em que escrevia" (Diamant, 1998, p. 230).

Para além da tensão e da contrariedade entre escrita e trabalho, entre escrita e família, entre escrita e casamento, entre escrita e o modo de vida burguês que o ameaça naquilo que ele é, entre a vida que julga verdadeira e a vida burocrática, há, no uso que faz de tais elementos biográficos, igualmente, um inacabamento, uma ausência de bordas nas delimitações do percurso que vai da experiência do vivido mais sutil à experiência da escrita ou desta àquela, fazendo tanto com que seus textos possam ser associados a aspectos de sua vida quanto com que aspectos de sua vida sejam lidos como maneiras singulares de uma prática da escrita. Não à toa, pode afirmar ser "a questão do diário ao mesmo tempo a questão de todo o resto, ela contém todas as impossibilidades do resto" (Kafka, 1984, p. 309). É ele quem, mesmo antes de escrever seus textos reconhecidamente mais importantes, antecipa com toda clareza o que é a escrita para ele: "vejo que tudo em mim está pronto para um trabalho poético, que esse trabalho será para mim (...) uma entrada real na vida" (id., p. 91). Sem se desligar completamente deles, uma "entrada real na vida" não pode ser uma mera descrição dos acontecimentos vividos: "mal escrito, sem entrar verdadeiramente nesse ar pleno da verdadeira descrição que lhe retira o pé do solo dos acontecimentos vividos" (id., p. 113); ou então: "cremos saber por experiência que nada no mundo está mais longe de um acontecimento vivido que a descrição desse mesmo acontecimento" (id., p. 178). Diante de todo impasse, diante de todo esse excesso que é também uma falta, qualquer relevo diminuto de sua vida ou de suas anotações se tornam repetidamente da maior relevância para seus leitores, que não podem abrir mão do que seria tido como o mais insignificante, talvez, pela presença insistente da tensão entre o significante e o assignificante, que está em tudo que lhe diz respeito. Ao se contemplar essas grafias heteronômicas em espalhamento que se chama habitualmente de Kafka, tentando lhe dar inutilmente um contorno preciso, não se está simplesmente diante de uma obra nem apenas em frente de um encadeamento de fatos biográficos, mas se está na experiência da potencialidade que se abre por meio da vasta propagação de modos escriturais e biográficos tensivos, complexos, contraditórios, problemáticos e irresolúveis, que, exatamente pela tensão entre eles, afetam-se mutuamente sem deixar claro o limite entre um e outro. Está-se profundamente imerso em uma ética ou em uma política da escrita e da vida, em uma ética ou em uma política do que se vive na escrita e fora dela, em uma ética ou em uma política do que se escreve da vida, em uma ética ou em uma política desse intervalar entre o vivido e o não vivido, em uma ética ou em uma política da autobiografia, no sentido mais amplo que esse termo pode ter. Para tal ausência de limites, poderia ser encontrada uma fórmula em Kafka: escreve-se por uma necessidade vital, vive-se por uma necessidade de escrita. Parece ser o assinalado por Blanchot quando salientou que "ele [Kafka] sente sua criação ligada palavra por palavra à sua vida, ele se autonomeia e se reconstitui" (Blanchot, 1997, p. 24); e Deleuze e Guattari, justificando-se de não terem levado o diário em conta como um dos elementos componentes da escrita de Kafka, afirmam: "É que o Diário atravessa tudo: o Diário é o próprio rizoma. Não é um elemento no sentido de um aspecto da obra, mas o elemento (no sentido de meio) do qual Kafka declara que não queria sair, tal como um peixe. E porque esse elemento comunica com todo o fora, e distribui o desejo das cartas, o desejo das novelas, o desejo dos romances" (Deleuze e Gattari, 1977, p. 63). Se, como foi mencionado, Kafka afirma que "isso não é uma necessidade artística", é porque busca, sobretudo, pela escrita, pelo escrever, uma "entrada real na vida", fazendo do escrever o ato heteronômico por excelência:

> A criação literária carece de independência, ela depende da empregada que acende o fogo, do gato que se aquece próximo à lareira e mesmo desse pobre velho humilde que se reanima. Tendo leis próprias, tudo isso responde a funções autônomas, apenas a literatura não retira de si mesma nenhum socorro, não se aloja em si mesma, é, ao mesmo tempo, jogo e desespero" (Kafka, 1984, p. 518).

A ausência de limites entre o escrito e o vivido está por todos os lados, levando-o a escrever, na passagem de 16 de dezembro de 1910, que "esta maneira que tenho de me colocar a perseguir as personagens secundárias pelas quais eu leio a vida nos romances, nas peças de teatro etc. Este sentimento que tiro daí de pertencer ao mesmo mundo que eles" (id., p. 12). Pelos diários, pela correspondência ao seu editor Kurt Wolff e pelas cartas à sua então noiva Felice Bauer, sabe-se, por exemplo, do desejo de Kafka em publicar conjuntamente em uma única edição três de seus textos escritos em 1912, *O veredito*, *O foguista* e *A metamorfose*, com um título geral revelador do motivo da reunião: *Os filhos*. Apesar do interesse do editor, tal livro não foi publicado durante o tempo de vida do escritor, mas, se lembrarmos da *Carta ao pai*, um dos textos mais intensos e conhecidos de Kafka, leitor de primeira hora de Freud, ainda que não integralmente aderido a ela, as marcas biográficas da ficção e as marcas ficcionais do biográfico não podem ser esquecidas. Na entrada do dia 11 de fevereiro de 1913 de seu diário, referindo-se a *O veredito*, é ele quem rompe a linha divisória entre o personagem do filho, Georg Bendemann, e si mesmo e da personagem da noiva e Felice Bauer:

> Georg tem o mesmo número de letras que Franz. Em Bendemann, 'mann' é um reforço de 'Bende', proposto por todas as possibilidades da narrativa que ainda não conheço. Mas Bende tem o mesmo número de letras de Kafka e a vogal *e* se repete no mesmo lugar que a vogal *a* em Kafka. Frieda tem o mesmo número de letras que F. [Felice], Brandenfeld tem a mesma inicial que B. [Bauer] e também uma certa relação de sentido com B. [Bauer] pela palavra 'feld' [Feld quer dizer campo e Bauer, camponês] (id., p. 297).

No dia 14 de agosto de 1913, sobre o mesmo conto, fala de "conclusões de *O Veredito* aplicadas ao meu caso. É para ela [Felice] que, indiretamente, devo ter escrito essa história, mas Georg se perdeu por causa de sua noiva." (id., p. 305). No dia 12 de fevereiro de 1913, ele segue tramando as relações entre os personagens fictícios e os biográficos: "descrevendo o amigo, pensei muito em Steuer. Quando o encontrei, por acaso, cerca de três meses antes de ter escrito essa narrativa, ele me disse ter noivado perto de três meses antes" (id., p. 297). E, parece-me que com humor, ele finaliza essa passagem do seguinte modo: "minha irmã me disse: "É o nosso apartamento". Espantei-me que ela tenha entendido mal a distribuição dos lugares e lhe disse: 'Mas, nesse caso, seria necessário que o pai habitasse o banheiro'" (id., ibid.).

Sobre esse mesmo assunto da inextricabilidade complexa entre o que se escreve e o que se vive, a introdução feita pelo tradutor Álvaro Gonçalves para a edição portuguesa de *Os filhos* é perspicaz:

> A escolha do título está obviamente relacionada com um dos aspectos autobiográficos mais marcantes de toda a vida de Kafka, que é a fixação obsessiva na figura do pai. Esta fixação é expressão não apenas da marca característica da geração expressionista alemã ("o ódio ao pai"), mas

também do conflito resultante de duas naturezas completamente opostas: à presença esmagadora e autoconfiante do pai se opõe a extrema sensibilidade do filho. Se as três narrativas constituem um ajuste de contas com o pai sob forma de literatura, a famosa *Carta ao pai*, escrita em 1919 e que nunca chegou a ser entregue ao destinatário, percorre um caminho inverso, abolindo a fronteira que separa a literatura da vida" (Gonçalves, 2007, p. 10-11).

Estendendo a figura do pai para a de um princípio de autoridade qualquer, a questão se amplia, ganhando contornos ainda mais complexos. Seriam muitos os exemplos; a respeito de O *processo*, Max Brod nos relata:

"Na noite de seu trigésimo primeiro aniversário", diz o último capítulo. De fato, quando Kafka começou tal romance, ele tinha trinta e um anos. Há uma moça que aparece várias vezes no livro, Fraulein Burstner – em seu manuscrito, geralmente, escreve o nome dessa personagem abreviando-o para Fr. B., ou F.B., fazendo, certamente, a conexão ficar bastante clara" (Brod, 1978, p. 146).

Ainda que de maneira nada óbvia, tudo em Kafka, mesmo em suas narrativas mais longas, ficam nesse interstício entre o que se escreve e o que se vive, ou em tal zona de potencialidade, o que levou à tradutora e ensaísta Marthe Robert, ao mencionar que ignoramos o aspecto físico das personagens kafkianas (que está praticamente ausente das histórias narradas), a afirmar que

"Raban, Gregor Samsa, Georges Bendemann, Joseph K., o Agrimensor, são, a este respeito, por assim dizer desconhecidos para nós (é verdade que compensamos espontaneamente esta lacuna ao imaginá-los sob as feições do próprio Kafka, o que é justo na medida em que as suas narrativas são uma autobiografia) (Robert, 1963, p. 69).

Internado no sanatório Hoffmann, em Kierling, Kafka começa, no final de maio de 1924, ou seja, a duas semanas de sua morte, a revisão das provas de "Josefina, uma cantora" (novela criada pouco mais de um mês antes quando, entre a vida em Berlim e a ida ao sanatório, estava de passagem por Praga) para o livro *Um artista da fome*, cuja prova havia então chegado da editora Die Schmiede. Enquanto sua tuberculose laríngica, que atingiu, inclusive, os pulmões e o intestino, o impedia de falar ou de pronunciar qualquer som, ele, afásico, comunicava-se com Dora, a mulher amada, a única com quem viveu sob um mesmo teto, e Klopstock, o amigo que, cuidando dele juntamente com Dora, o acompanhou até o fim, por bilhetes escritos. Em certo momento, enquanto revisava a novela mencionada, ele escreveu um bilhete a seu amigo: "não é que comecei a tempo meu estudo sobre o guinchar dos animais?" (Klopstock, 1998, p. 201). Como não associar os guinchos do canto de Josefina e a afasia progressiva de Kafka? Como não encontrar uma linha de trânsito entre a experiência vivida e a experiência escrita? Como não ler a partir de uma complexa trama literário-biográfica o que Danielle Cohen-Levinas chama de "o destino afônico daquilo que resta: uma fala sem pulmão, uma língua sufocada que coloca imediatamente a literatura no horizonte de sua sobrevida", de uma "avocalidade estrangulada", de "uma voz ferida, para sempre perdida para o mundo dos humanos", de uma "ilegibilidade da voz", de "uma voz que não pode se conceber senão acompanhada por sua própria extinção"? Como não ler o que Danielle Cohen-Levinas chama de uma "laringe avocal, o extremo de uma fala despojada de sua plástica, que interrompe a sincronia do verbal" enquanto "uma voz que não pode se conceber senão acompanhada por sua própria extinção", enquanto o "barulho da morte" (p. 63, desta obra).

Kafka, que media 1,83m de altura, pesava, em 1923, ao conhecer Dora, apenas 53kg e, a essa altura, poucos meses depois, internado, 49kg. Imediatamente antes do grande encontro amoroso que determinará os meses finais de sua vida como (apesar dos graves problemas econômicos alemães que o concerniam de perto) aparente e contraditoriamente os mais felizes, na última entrada do que até hoje se conhece de seus diários, no dia 12 de junho do referido ano, Kafka escreve: "momentos terríveis esses últimos tempos, impossíveis de enumerar, quase interrompidos. Passeios, noites, dias, incapaz de tudo, menos de sofrer" (Kafka, 1984, p. 551). Não deixa de ser uma coincidência terrivelmente sarcástica que, nos dias que precederam sua morte, ele, que já não podia se alimentar em decorrência da doença, estivesse trabalhando na revisão exatamente de *Um artista da fome*, livro cujo título é retirado de um conto homônimo em que, escrito anos antes, tem por tema o talvez maior jejuador de todos os tempos, que vai definhando sem comer até praticamente desaparecer por debaixo da palha de sua jaula. Conta-se que, de tão exaurido pela conjunção entre o trabalho e a doença mortal, Kafka caía então, por vezes, no choro.

Willy Haas, que conhecia pessoalmente o escritor, afirma ter recebido uma carta da irmã Ana, enfermeira que cuidou de Kafka no sanatório até o dia de sua morte, tendo tido, inclusive, a incumbência de cerrar seus olhos quando ele morreu; nela, a religiosa, então com setenta e três anos, testemunhando que "seu espírito [o de Kafka] era antes de tudo absorvido pelo que ele escrevia", faz uma "extraordinária observação: 'Sete anos antes de sua morte, na novela *Um artista da fome*, ele descreve a inapetência pela alimentação, como ele próprio sofrerá conforme sua laringe vai sendo mais e mais atingida'" (Haas, 1998, p. 247-248). No dia exato de seu falecimento, em 2 de junho de 1924, ele continuava revisando pela manhã as referidas provas. De tal acontecimento, Blanchot afirma:

> Até o fim, ele permaneceu um escritor. Em seu leito de morte, privado de força, de voz, de ar, ele ainda corrige as provas de um de seus livros (*Um artista da fome*). Como ele não pode falar, ele anota em um papel para seus companheiros: "Agora, eu os vou ler [os contos do livro]. Isso talvez

vá me agitar muito; mas é preciso que eu viva isso ainda uma vez". E Klopstock conta que, quando a leitura acaba, as lágrimas correm por muito tempo em seu rosto: "Foi a primeira vez que vi Kafka, sempre senhor de si mesmo, entregar-se a tal movimento emotivo" (Blanchot, 1981, p. 208).

Tarefa árdua, essa, de escrever – aprendendo a minguar, até desaparecer; ou, como sintetiza o aforisma 90 escrito em Zurau e presente na entrada do dia 28 de janeiro de 1918 de seu diário, "Duas possibilidades: fazer-se infinitamente pequeno ou sê-lo. A segunda é perfeição, ou seja, inação, a primeira, começo, ou seja, ato" (Kafka, 1984, p. 469).

Em Kafka, não há, de maneira alguma, uma impositividade do viver sobre o escrever nem deste sobre aquele, nenhuma origem do que se vive a dar fundamentação exclusiva ao que se escreve nem uma reversão do que se escreve se sobrepondo ao que se vive na tentativa de apagar sua singularidade ou de lhe tornar apreendido pela suposta explicação da soberania do outro: nenhuma linha estanque que separe o que mobiliza o viver do que aciona a escrita pode ser traçada. Antes, a permanência em um intervalo nebuloso entre a experiência da escrita e a que se vive, compondo cada instante da experiência indiscernível. Enfatizar a experiência (entendida aqui como o desguardecimento das fronteiras entre o viver e o escrever, em que ambos não podem existir no conforto de um asseguramento de sua exclusividade discriminada em relação ao outro) significa assumir que tanto o que se vive quanto, como quer Danielle Cohen-Levinas, os "modelos narrativos de Kafka poderiam ser encarados como a vibração mais que humana de um cruzamento de experiências que não convoca qualquer resolução nem necessita, tampouco, que escolhamos uma delas em detrimento da outra" (p. 68 desta obra). Nessa "vibração mais que humana", o viver e o narrar participam do complexo cruzamento das experiências que resguardam sua inapropriabilidade ou inacessibilidade. Não é sem motivos que em 16 de janeiro de 1922, ele escreve em seu diário: "esta perseguição se serve de uma estrada que sai do humano", para acrescentar que "toda esta literatura é um assalto contra as fronteiras"(Kafka, 1984, p. 519-520).

Se a parábola é caracterizada por Kafka como a preservação enigmática do inconcebível enquanto inconcebível ou do incompreensível enquanto incompreensível (Kafka, s. d., p. 21), o cruzamento das experiências dessa "vibração mais que humana" se coloca como uma de suas parábolas mais singulares, estando elas presentes em muito do que lemos de seus escritos e dos acontecimentos vividos por ele, transformados em escritas ao serem legados também por seus amigos e amores, que conviveram com ele, reconhecendo imediatamente sua grandeza, até chegar a nós. Em "Anotações sobre Kafka", acerca das parábolas, Adorno afirma que a obra de Kafka "não se exprime pela expressão, mas pelo repúdio à expressão, pelo rompimento. É uma arte de parábolas para as quais a chave foi roubada" (Adorno, 2001, p. 241). A parábola não seria então o chamado à revelação ou ao desvelamento ou à presença de algo misterioso pela chave interpretativa, mas a impossibilidade de revelação e de desvelamento e de presença assegurando, na escrita que repele a expressão, afasta a interpretação e rechaça qualquer totalização do sentido, o incompreensível enquanto incompreensível. Ao invés de, como um espaço de uma hermenêutica privilegiada, dizer mais do que se pode ter consciência, essa escrita, parabólica, uma escrita por subtração, diz sempre menos do que se pode imaginar, obrigando-nos a entrar arduamente no labirinto de sua exatidão literal que, de modo inesperado, nega tanto isso quanto aquilo, tanto uma interpretação quanto outra. Eis sua aparente contradição ou seu "paradoxo perpétuo", como Camus bem o viu: "é ao mesmo tempo mais simples e mais complicado" (Camus, s. d., p. 169).

Lê-se, mas a leitura só se faz possível naquilo que, nela, é inconcebível; lê-se, mas a fratura do ininteligível; lê-se o que não se pode ler e é lido somente ao modo de uma impossibilidade interpretativa, ao modo de uma "perturbação hermenêutica" (p. 68 desta obra), ao modo de uma interrupção. Interrupção no que lemos, no que vemos, no que ouvimos, levando-nos, imediatamente, a um não legível, a um não visível, a um não ouvível, a um não dizível, a um não compreensível que resta, com força, no texto. Nas parábolas (ao menos nas de Kafka), no lugar de haver apenas uma comparação ou uma analogia entre o que se lê e o modo pelo qual o que se lê foi lido, há, sobretudo, uma justaposição ou uma conjunção entre o legível e o ilegível, entre o inteligível e o ininteligível, entre o interpretativo e sua impossibilidade, entre a hermenêutica e sua perturbação, entre o que antes era separado e é agora indiscernível, de tal modo que, ao lidarmos diretamente com os primeiros termos, são os segundos em sua amplitude quase impossível que, naqueles, acabam por predominar. Não se trata, de modo algum, do estabelecimento de um novo sentido, ainda que torcido, a um objeto de interpretação, mas exatamente do risco, da rasura, de qualquer possibilidade de sentido de um objeto existido. O que se sabe é apenas da insistência do enigma a ser preservado.

Por decorrência disso, Benjamin afirma que "nenhum escritor seguiu tão rigorosamente o preceito de 'não construir imagens'" (Benjamin, 1987, p. 155): não que, aparentemente de modo contrário ao pensado pelo crítico filosófico mencionado, Kafka não construa imagens em seus textos - seria fácil mostrar que ele as constrói com grande frequência (a do castelo, a do homem-inseto, a da toca e tantas outras que se tornaram paradigmáticas para o século XX) -, mas que as vai apagando na mesma medida em que as vai fazendo aparecer, que ele as formula apenas para entregá-las, rápida e quase imediatamente, à sua anulação. Entre muitos exemplos que poderiam ser dados não propriamente para ausência de construção de imagens, mas para a desconstrução completa que ocorre, no texto, das imagens que, ao longo dele, vão sendo construídas, destaca-se "Desejo de se tornar índio", presente no primeiro livro publicado em vida por Kafka, *Contemplação*. Ele pode ser lido, indistintamente, como um miniconto, como, seguindo o próprio Kafka em uma carta a seu editor citada por Modesto Carone, uma "prosa miúda" (Kafka, 1994, p. 100), ou, ainda, também conforme o tradutor e ensaísta, enquanto um poema em prosa (Carone, 2009, p. 73). Na tradução de Modesto Carone:

> Se realmente se fosse um índio, desde logo alerta e, em cima do cavalo na corrida, enviesado no ar, se estremecesse sempre por um átimo sobre o chão trepidante, até que se largou a espora, pois não havia espora, até que se jogou fora a rédea, pois não havia rédea, e diante de si mal se viu o campo como pradaria ceifada rente, já sem pescoço de cavalo nem cabeça de cavalo (Kafka, 1994, p. 47)[4].

Chamando atenção tanto para a extrema concisão quanto para a velocidade com que tudo ocorre, o que interessa em "Desejo de se tornar índio" é realizado em apenas uma frase, em pouco mais de quatro linhas, começando por um "se" condicional a preservar, desde o início, a escrita imersa no campo de possibilidades. Se a poesia (ou a literatura de modo geral) não está do lado do já dado do mundo, mas de sua potencialidade, se a poesia (ou a literatura de modo geral) não está do lado do dito, mas da abertura para o dizer, o "se" inicial é um dos modos encontrados para, instantaneamente, colocar o pensamento no campo de possibilidades, de onde ele não quer jamais sair, mas, antes, intensificá-lo. Na atualização mesma do conto-poema, abre-se o campo potencial, de modo que este compareça naquele. No ritmo que enuncia sua alta voltagem de escrita e pensamento, o balanço poético-literário da frase é dado pela tensão harmônica que há entre o "se" e o "até", estabelecendo os dois momentos da frase: o da criação das imagens e o de sua interrupção acrescida da anulação da possibilidade até então criada. Em uma espécie de tomada cinematográfica, com o "se", o leitor é levado a visualizar um índio que galopa no campo cortando o ar em seu cavalo enquanto tudo (paisagem, cavalo e índio) estremece; com o "até", a interrupção e o anulamento das imagens propostas. Do que se supunha existir – agora, na segunda metade, abandonado – é dito que nem existia (a espora e a rédea), enquanto o que antes era visível (o campo) se encontra em processo de dissipação e o cavalo já não tem cabeça nem pescoço. Levada à sua negação, a imagem inicial vai se apagando, deixando-nos com um vazio de imagem.

Não se trata, portanto, propriamente de "não construir imagens"; trata-se, antes, de suas imagens já serem o que poderia ser chamado de contraimagens,

---

4 E em tradução inédita do poeta André Vallias, postada em seu perfil no Facebook: "Se a gente fosse então um índio, em prontidão, e no cavalo em disparada, enviesado ao vento, trepidasse cada vez mais rápido sobre o solo trepidante, até soltar as esporas, pois não havia esporas, até jogar as rédeas fora, pois não havia rédeas, e mal avistasses a terra à sua frente como campo capinado rente, o cavalo já sem pescoço e sem cabeça".

de imagens que estão ali para manifestar a ausência do que, a princípio, aparentam manifestar. Levando o leitor a mergulhar na intensidade do negativo, o procedimento das contraimagens é tão forte na escrita kafkiana que, uma vez imerso na força do vazio em que o texto o coloca, chega-se a duvidar que tal escrita possa de fato existir, que as palavras consigam resguardar – ainda – sua coesão, como salienta Ricardo Timm de Souza:

> Trata-se de uma literatura visceralmente anormal – não dá, nem à intuição nem à razão, razões para crer que possam vir a captar sua essência e, talvez por isso, exerça um tal poder de sedução sobre espíritos inquietos, por sua vez imersos em tensão. Tensão absoluta, não admite relatividades sem, porém, utilizar-se de quaisquer argumentos para declinar desta admissão: chancelas e contrachancelas são aqui, simplesmente, fracas demais. O turbilhão é excessivamente forte, plastificado embora na sucessão das palavras; o milagre é que as palavras consigam, apesar da intensidade que pulsa sob elas, permanecer razoavelmente conectadas (Souza, 2012, s. p.).

Talvez agora, diante dessa intensidade do negativo que pulsa em turbilhão nas e sob as palavras, querendo, a cada momento, explodi-las (sem conseguir integralmente, mas deixando ali a evidência de sua marca intensiva), possa-se fazer uma ideia do por que muitos críticos e amigos, em seus textos e depoimentos, repetidamente, denominarem Kafka de "poeta"[5]. Talvez, agora, nessa mesma direção, possa ser entendido porque, na passagem anteriormente mencionada, estendendo sua compreensão da escrita de Kafka, Adorno acrescenta sobre esse método parabólico: "cada frase diz: 'interprete-me'; e nenhuma frase tolera a interpretação" (Adorno, 2001, p. 241).

Imerso na parabólica "vibração mais que humana", há um acontecimento exemplar, parabólico, dos mais comoventes no que diz respeito à experiência do entrelaçamento entre as vidas dos escritores e suas escritas. Nele, a frase em que Milena afirmara que Kafka "está exposto a tudo" ganha concreção e ressoa o próprio conceito de "exposição" de Emmanuel Levinas tal qual lido por Danielle Cohen-Levinas ao propor a "vulnerabilidade" ao outro que promove a "extradição do sujeito" como uma alternativa para a história da metafísica ou da ontologia ocidental:

> Sabemos o quanto a relação com o outro é originariamente primeira. Essa intersubjetividade não é em nada sinônimo de comunicação, mas "suprema passividade da exposição a Outrem", diz Levinas em *Autrement qu'être*. Esse movimento de exposição que pode chegar à substituição, à fissura do sujeito, ao seu aniquilamento, "como uma pele se expõe àquilo que a fere, como uma face oferecida àquele que bate", é vivida como

---
5 Entre os quais, e não apenas na língua alemã, Modesto Carone, Marthe Robert, Félix Guattari, Milan Kundera, Kosovoi, Elias Canetti, Gunther Anders, Félix Weltsch, Oskar Baum, Michal Mares, Fred Bérence, Alfred Wolfenstein, Ludwig Hardt...

trauma, como "dizer ao outro" incomensurável relativo a um enunciado que se contenta em dizer qualquer coisa. O "dizer ao outro", constitutivo da subjetividade, atesta uma reviravolta da estrutura de significação do dito (p. 34 desta obra).

No acontecimento contado por Dora, a relação com o outro (em breve veremos quem comparece no lugar do outro) se coloca, em todos os sentidos, como originariamente primeira, a que expõe a "suprema passividade" que move Kafka, a que expõe a "fissura do sujeito" em sua vulnerabilidade que o leva imediatamente ao acolhimento decisivo do outro, a que expõe o dizer e o escrever a um "dizer ao outro" com o intuito primeiro de, permanecendo ali, com ele, fazer um gesto para amenizar sua dor.

Mesmo que a citação seja longa, que Dora deixe então suas palavras sobre esse acontecimento em modo de parábola ou dessa parábola em modo de acontecimento vivido que, colocando a relação com o outro como "originariamente primeira", não permite, de modo algum, nessa "vibração mais que humana" tão constitutiva de Kafka, dissociar a experiência da escrita da experiência da vida:

> Quando moramos em Berlim, Kafka ia frequentemente passear no parque de Steglitz. Eu o acompanhava algumas vezes. Certo dia, encontramos uma garotinha que chorava e que parecia completamente desesperada. Nós lhe dirigimos a palavra e Kafka lhe perguntou o motivo de sua aflição; foi quando descobrimos que ela havia perdido sua boneca. Para explicar esse desaparecimento, Kafka logo inventou uma história completamente verossímil: "Sua boneca acabou de fazer uma pequena viagem. Eu bem o sei, pois ela me enviou uma carta". Mas a garotinha olhou para ele com olhar desconfiado: "Você tem ela aqui com você?", perguntou-lhe ela. "Não, eu a deixei em casa, mas vou trazê-la para você amanhã". A garotinha, que ficou logo com um olhar bastante curioso, já havia quase esquecido sua dor, e Franz imediatamente voltou para casa para escrever a carta. (...) Ele trabalhou com a mesma seriedade que caso tivesse de escrever uma verdadeira obra literária. Tinha o mesmo estado de tensão nervosa que o agitava quando se instalava em seu escritório, mesmo que fosse apenas para escrever uma carta ou um cartão postal. Além do mais, era uma verdadeira tarefa, tão essencial como as outras, pois era preciso a todo custo agradar a garota e evitar-lhe uma decepção ainda maior. A mentira deveria se tornar verdade, graças à verdade da ficção. No dia seguinte, levou a carta à garotinha que esperava por ele no parque. Como a garotinha não sabia ler, Franz leu a carta para ela. A boneca explicava que estava cansada de viver na mesma família, exprimia-lhe o desejo de mudar de ar. Resumindo, que queria, por algum tempo, separar-se da garotinha, mesmo amando-a tanto. Ela prometia escrever todos os dias, e, assim, Kafka escrevia a cada dia uma carta, contando sempre novas aventuras que muito rapidamente se desenvolveram conforme o ritmo de vida próprio das bonecas. Dias depois, a criança havia esquecido a perda

de seu brinquedo e só pensava na ficção que ele havia lhe presenteado como compensação. Kafka escrevia cada frase da história com tamanha precisão e humor que a situação da boneca ficou muito fácil de compreender: ela havia crescido, frequentado a escola, conhecido outras pessoas. Não deixava nunca de assegurar à criança o seu amor, mas mencionava as complicações da vida, outros interesses e outras obrigações que, no momento, não lhe permitiam retomar sua vida comum. Ela pedia à garotinha que refletisse a respeito de tudo isso, de tal maneira que estaria pouco a pouco preparada para a perda definitiva de seu brinquedo. (...) A brincadeira durou pelo menos três semanas. Franz temia a conclusão que ele havia de dar a tudo isso. (...) Isso porque devia ser uma conclusão verdadeira, criando uma nova ordem que substituísse a desordem provocada pela perda do brinquedo. Ele esperou durante muito tempo, antes de se decidir finalmente por casar a boneca. Primeiro, ele descreveu um belo rapaz, a festa do noivado, os preparativos do casamento, e depois, com muitos detalhes, a casa do jovem casal. "Você mesma se dará conta de que devemos renunciar a nos rever no futuro". Franz havia resolvido, assim, o pequeno conflito de uma criança graças à arte, graças ao meio mais eficaz que ele dispunha para restabelecer um pouco de ordem no mundo" (Diamant, 2011, p. 14)[6].

Não me cabe estender a bela compreensão de "verossimilhança" como "A mentira [que] deveria se tornar verdade, graças à verdade da ficção" nem, muito menos, esboçar uma interpretação de tal acontecimento vivido por Kafka, Dora e a menina em fins de 1923 no Parque de Steglitz em Berlim, no momento em que, segundo todos os depoimentos, é o mais feliz da vida de Kafka: que ele ressoe por si na delicadeza de sua força maior. Cabe-me, isso sim, informar que tanto a então menina quanto as cartas a ela endereçadas, apesar de muito procuradas por vários críticos e biógrafos de Kafka, jamais foram encontradas, preservando o vazio impreenchível do objeto perdido como constituinte de tal acontecimento. Ainda que à revelia de nosso desejo, talvez seja melhor mesmo que as cartas tenham se perdido, apesar de, quem sabe, do modo mais funesto de terem sido apreendidas e destruídas pela Gestapo que pode ter, inclusive, matado a menina quando crescida (como foram os originais de Kafka mantidos por Dora e as cartas enviadas para ela, além do fato de as irmãs de Kafka terem morrido no campo de concentração). Essa presença da ausência das cartas e a beleza de todo o acontecimento narrado por Dora Diamant provocaram vários efeitos, entre os quais o livro infanto-juvenil de Jordi Sierra i Fabra, *Kafka e a boneca viajante*, que, exatamente pela impossibilidade de leitura das cartas, as julga como "talvez a mais bela e lúcida de suas incursões literárias" (Sierra I

---

6 Diante disso, quem leu os relatos de seus amigos, como, por exemplo, o belíssimo livro de Gustav Janouch, não estranhará nem um pouco a colocação de Claude David na introdução dos diários e cartas da Pléiade: "Para todos, ele é o amigo mais delicado" (Simon, 1984, XVI).

Fabra, 2009, p. 124). Entre outros efeitos de tal acontecimento, há o texto *La muñeca viajera*, de Cesar Aira, publicado no dia 8 de maio de 2004, no jornal *El País*, no qual, afirmando que "Kafka fue el más grande descubridor de signos en la vida moderna", fala dessas cartas como o "libro más hermoso de Kafka", acrescentando que

> La desaparición del libro de las cartas de la muñeca, por mucho que la lamentemos, deberíamos verla como un signo positivo. Es el elemento que, por su ausencia, da sentido al resto de la obra, que es una saga de desapariciones cuya presencia en forma de relatos, de escritura, tiene por función cerrar la herida de la perdida (Aira, 2004)[7].

Lembrando a colocação de Danielle Cohen-Levinas a partir de Emmanuel Levinas de que a filosofia e a crítica devem desconfiar essencialmente de si próprias e que, nos *Carnets de captivité et autres inédits*, Levinas "detecta na literatura a possibilidade de reintroduzir, no cerne do rigor conceitual, uma inteligibilidade do mundo em que a noção de 'experiência' ocupa um lugar central" (p. 35 desta obra), gostaria de deixar uma pergunta final: em pleno século XXI, não teriam ainda a filosofia e a crítica de se colocar, de modo geral, à prova ou sob o risco da experiência, tão intensamente realizada pela literatura? Em pleno século XXI, não teriam ainda a filosofia e a crítica de se colocar, de modo geral, à prova ou sob o risco da "vibração mais que humana" de Kafka, em que o viver e o escrever participam complexamente do "cruzamento das experiências que não convoca qualquer resolução nem necessita, tampouco, que escolhamos uma delas em detrimento da outra" (p. 68 desta obra)? Que filosofia e que crítica seriam essas que, em pleno século XXI, mesmo tardiamente, incorporam a lição kafkiana da "vibração mais que humana", tornando-se assim uma filosofia e uma crítica que assumem a experiência, ou seja, que sejam uma filosofia e uma crítica elas mesmas já literárias? Que filosofia e que crítica seriam, enfim, contemporâneas à experiência de Kafka? De certa maneira, ainda que com nuances diferentes, essa é também uma das indagações deixadas por Deleuze e Guattari a partir do conceito de "literatura menor", que apreendem dos diários de Kafka retrabalhando-o, ou um dos riscos que a escrita do escritor aqui abordado coloca implicitamente para a filosofia (e para a crítica) de nossa época como uma de suas provas de fogo, como um de seus testes: "Há [nesse 'saber criar um tornar-se menor'] uma oportunidade para a filosofia, ela que por muito tempo formou um gênero oficial e referencial?" (Deleuze e Guattari, 1977, p. 42).

❖

---

[7] A partir desse mesmo acontecimento narrado por Dora, Gabriela Capper e eu fizemos o vídeo "O testemunho da menina da boneca de Kafka", disponível em: <http://www.youtube.com/watch?v=oKEcJp6bqpU>.

Entre as muitas, há, ainda, essa parábola de Kafka:
> Tenho um animal peculiar, meio gatinho, meio cordeiro. É uma herança dos bens do meu pai, mas que só se começou a desenvolver no meu tempo, dantes era muito mais cordeiro que gatinho, agora, porém, tem mais ou menos o mesmo dos dois. (...) Claro que é um grande espetáculo para as crianças. Ao domingo de manhã é a hora da visita, seguro o animalzinho no regaço e as crianças de toda a vizinhança põem-se à minha volta. Fazem-se então as mais estranhas perguntas, a que ninguém consegue responder. Por mim, também não me esforço, dou-me por satisfeito por mostrar o que tenho, sem mais explicações. Por vezes, as crianças trazem gatos, uma vez até trouxeram dois cordeiros; mas, ao contrário de suas expectativas, não houve cenas de reconhecimento, os animais olharam-se com toda a calma nos seus olhos de animais e parece que aceitaram reciprocamente as suas existências como facto divino. (...) Não basta que seja cordeiro e gato, quase quer ainda por cima ser também cão (...) Talvez a faca do carniceiro fosse a salvação do animal, mas tenho de lha recusar, como peça herdada que ele é (Kafka, 2012, p. 251-252).

Referências bibliográficas

ADORNO, Theodor W. (2001). *Prismas; crítica cultural e sociedade*. Trad. A. Wernet e J.M.B. de Almeida. São Paulo: Ática.
AIRA, Cesar (2004). "La muñeca viajera". *Jornal El País*, 08 de maio. <http://elpais.com/diario/2004/05/08/babelia/1083973160_850215.html>.
BENJAMIN, WALTER (1987). "Franz Kafka. A propósito do décimo aniversário de sua morte". *Magia e técnica, arte e política*; ensaios sobre literatura e história da cultura. Trad. Sergio Paulo Rouanet. São Paulo: Brasiliense.
BLANCHOT, Maurice (1987). "Kafka e a exigência da obra". *O espaço literário*. Trad. Álvaro Cabral. Rio de Janeiro: Rocco.
_____(1997). "Kafka e a literatura". *A parte do fogo*. Trad.e Ana Maria Scherer. Rio de Janeiro: Rocco.
_____ (1981). "Le dernier mot". *De Kafka à Kafka*. Paris: Gallimard.
BROD, Max (1978). *Franz Kafka*; a biography. Trad. G. Humphreys Roberts e Richard Winston. Nova York: Schocken Books.
_____ (1968). *Posfácio à Primeira Edição de The trial* (definitive edition). Trad. Willa e Edwin Muir. Nova York: Schocken Books.
CAMUS, Albert (s. d.). "A esperança e o absurdo na obra de Franz Kafka". *O mito de sísifo*. Lisboa: Livros do Brasil.
CANETTI, Elias (1988). *O outro processo*; as cartas de Kafka a Felice. Trad. Herbert Caro. Rio de Janeiro: Espaço e Tempo.
CARONE, Modesto (2009). *Lição de Kafka*. São Paulo: Companhia das Letras.
CERNA, Jana (1993). *Kafka's Milena*. Trad. A. G. Brain. Evanston: Northwestern University Press.

DELEUZE, Gilles; GUATTARI, Félix (1977). *Kafka; por uma literatura menor*. Trad. Júlio Castañon Guimarães. Rio de Janeiro: Imago.
DIAMANT, Dora (1998). "Ma vie avec Franz Kafka". *J'ai connu Kafka*; témoignages. Témoignages réunis par Hans-Gerd Koch. Trad. François-Guillaume Lorrain. Paris: Solin.
_____ (2011). "Minha vida com Franz Kafka - Parte I". Trad. Francisco Merçon. Carvalho, Almyr (dir.) *A Palavra*, n° 170, set. . Coluna Pensar por escrito, p. 14. http://pensarporescrito.tumblr.com/post/11672686294 . Trad. indireta a partir da edição francesa: *J'ai connu Kafka*. (témoignages réunis par Hans-Gerd Koch).
DIAMANT, Kathi (2013). *O último amor de Kafka*; o mistério de Dora Diamant. Trad. Eduardo Seincman. São Paulo: Via Lettera.
GONÇALVES, Álvaro (2007). "Introdução". *Os filhos; três histórias*: A sentença – O fogueiro – A transformação. Trad. Álvaro Gonçalves. Porto: Assírio & Alvim.
GUATTARI, Félix (2011). *Tradução e Prefácio Peter Pál Pelbart*. São Paulo: n-1 edições.
HAAS, Willy (1998). "Les derniers jours". *J'ai connu Kafka*; témoignages. Témoignages réunis par Hans-Gerd Koch. Trad. François-Guillaume Lorrain. Paris: Solin.
JANOUCH, Gustav (1983). *Conversas com Kafka*. Trad. Celina Luz. Rio de Janeiro: Nova Fronteira.
KAFKA, Franz (1994). *Contemplação / O foguista*. Trad. Modesto Carone. São Paulo: Brasiliense.
_____ (s. d.). "Das parábolas". *Parábolas e fragmentos*. Trad. Geir de Campos. Rio de Janeiro: Edições de Ouro.
_____ (2000). *Diários*. Trad. Torrieri Guimarães. Belo Horizonte: Itatiaia.
_____ (1976). *The diaries; 1910-1923*. Ed. Max Brod. Trad. Joseph Kresh e Martin Greenberg com cooperaçãode Hannah Arendt. Nova York: Schocken Books.
_____ (1984). *Oeuvres completes*, III. Journaux; lettres à as famille et à ses amis. Trad. Marthe Robert, Claude David e Jean-Pierre Danès. Paris: Gallimard.
_____ (2012). "Um cruzamento". *Os contos*. v. 2. Trad. Álvaro Gonçalves. Porto: Assírio & Alvim.
KLOPSTOCK, Robert (1998). "Avec Kafka à Matliary". *J'ai connu Kafka*; témoignages. Témoignages réunis par Hans-Gerd Koch. Trad. François-Guillaume Lorrain. Paris: Solin.
LEVINAS, Emmanuel (1994). *Em découvrant l'existence avec Husserl et Heidegger*. Paris: Vrin.
PELBART, Peter Pál (s. d.). "A bordo de um veleiro destroçado". *Máquina Kafka*.
ROBERT, Marthe (1963). *Franz Kafka*. Trad. José Manuel Simões. Lisboa: Presença.
SIERRA I FABRA, Jordi (2009). *Kafka e a boneca viajante*. Trad. Rubia Prates Goldoni. São Paulo: Martins Fontes.
SIMON, Claude (1984). "Avant-propos". *Kafka; oeuvres completes*, III. Journaux; lettres à as famille et à ses amis. Trad. Marthe Robert, Claude David e Jean-Pierre Danès. Paris: Gallimard.
SOUZA, Ricardo Timm de (2012). *Kafka: totalidade, crise, ruptura*. <http://timmsouza.blogspot.com.br/2012/09/kafka-totalidade-critica-ruptura.html>.
WAGENBACH, Klaus (1967). *Franz Kafka: les années de jeunesse, 1883-1912*. Paris: Mercure de France.